シュルレアリスムの本棚

# パリのサタン

## エルネスト・ド・ジャンジャンバック

鈴木雅雄 訳・解説

★

# Satan à Paris

## Ernest de Gengenbach

La Bibliothèque du Surréalisme

風濤社

# 序

## ジャン・ジャンバックのアディアール・ホールにおける講演に先立って
## ——一九二七年四月三日

アンドレ・ブルトン

紳士、淑女のみなさん

ジャン・ジャンバック氏[*1]は、私アンドレ・ブルトンが、彼の講演の導入としていささかの言葉を費やすことを望まれました。そして、我々の出会いの状況から考えるに、この申し出を断るわけにはいかないでしょう。また今夜お話しをいたしますのは、『シュルレアリスム革命』誌の編集責任者としてでもあります。我々二人が知りあったのは、この雑誌あればこそでした。我々二人を隔てている数多くの違いがいかなるものであるにしても、私はジャン・ジャンバック氏に、特別な注意を払っていることの証言を、拒否するわけにはいかないのです。

　正直なところを申し上げるなら、数ヶ月来我々は、いささかお互いを視界から失っておりました。実は深刻な意見の食い違いが――いえ、それは我々の行動がはっきり示すことが望ましい全般的な指針についてではありませんし、存在するほとんどすべてのものに認めるべき価値についてでもありませんし、もはやこの世界にもどこにも属していない正義の夢についてでもないのですが――そう、どんな資格においてであれ我々の人生を模範的なものにするために、あるいはもっとはっきりしたいい方をするならば、ことをしくじらないために、従わねばならない方法という点で、我々二人のあいだで深刻な意見の食い違いが生じているのです。つらい人生や二重の人生というものがあります。芸術家の人生、過去の人生、いえ今後の人生というものさえあるかもしれませんし、想像上の人生、犬のような人生、人生のための人生、いつでもあまりに長すぎる人生があるのです。シュルレアリスムの側からすると、この窮地を脱するためにさまざまな模索がなされてきました。あるいは一つの避難所が指し示されたといえるのかもしれませんが、本当にどうだったかはだいぶあとにならなければわからないでしょう。いずれにしろ我々の立場は、押し流されるがままになっていいようなものではありません。それは我々が文章を書いたり絵を描いたり、あるいは公けの場に向けて、つまりは我々自身のためだけに発言しようと思い立ったとき、多かれ少なかれ見事に表現したいと考えるものなどと、釣りあうような何かではないのです。かくして我々数人は、この世界には失うべき何ものか、それは魂などではないのですが、失うべき何ものかがあり、ただしこのいずれにせよ失われる「何ものか」については、失う術を知らねばならないと感じているのです。

一九二五年の七月にジャンジャンバック神父と知りあったとき、私個人はすでにこの結論に達しておりました。ご存じの通り彼は『シュルレアリスム革命』誌編集部宛ての手紙を書いたのであり、私はそれを雑誌に発表しました。こんな風にはじまる手紙です。

拝啓

近ごろある若い男が、ジェラールメール湖に身を投げて、自殺をしようとしました。その若者は一年前、ジャンジャンバック神父と呼ばれ、フランクリン通り一二番地、トロカデロのイエズス会士たちの学校に通っていたのです……。そのために、人はジェラールメールでのスキャンダルをもみ消そうとしたのですが、この若者の意図するところは反対に、この自殺が大騒ぎを引き起こすことだったのが、私にはわかっています。なぜならその若者とは私のことだからです。あなた方がこの手紙を受け取られるとき、私はいなくなっていることでしょう。しかしもし私の情報では十分でないときは、ジェラールメールの近く、ルトゥールヌメールで小学校の教諭をしている従妹のJ・ヴィリー嬢に連絡を取っていただいてかまいません。

正確なところ、何が起きているというのでしょう。失踪なのか、自殺なのか。我々シュルレアリストは、これらの言葉の曖昧さにずいぶんとつけこみました。私はこの自殺の可能性を信じた、思わず信じないではいられなかったと白状しておきましょう。恋愛における大いなる失意、あらゆる自由の剝奪、生きることへの倦怠が問題だったのです。こんな場合、どうして自殺の有効性を認めずにいられましょうか。もはやジャンジャンバック神父とまったく同じ人物ではなくなったジャン・ジャンバック氏は、おそらくそのとき欲していたことや、もはや欲していないことを、そしてかつて欲していたことを欲しなくなったのは何が起きたせいであるのかを（もし何かが起きたのだとするならば）、のちほどみなさんに説明しようとしてくれるでしょう。私はシュルレアリスムの信条が問題になるようなとき、いつでも手を引いてしまいます。そして事実それ以外のものは問題となりえないでしょう。私はジャンジャンバック神父と出会うことに特別の抵抗を感じませんでした。ただしそのあとで取り返しのつかない不幸が彼を……。いや、取り返しのつかない不幸などありません。不幸というものすらないのです。それはシャンパーニュ地方トロワの町でした。吐き気を催すような、フランス式の小さな駅舎の近くでのことです。ジャンジャンバック神父は僧衣をまとっておられました。彼は決してそれを脱ぐことはないでしょう。ただしそれを自分の愛人たちに着せてしまうし、人が考えを変えるのと同じほど頻繁に、染め直しに出してしまうのではありますが。彼はとても知的な人物です。お話を聞けばみなさんもおわかりになるでしょう、とても知的な人物なのです。彼は自らの習慣に脅迫されて生きています。習慣がその甲冑の手の甲を彼の背中に押しつけているといってもいい。脅迫されているとはつまり、彼は生きることを選んだのではないということであり、それでもやはり半円のアーチより〔教会の〕オジーヴを、驚異の青と赤より〔僧衣の〕不吉な紫を好んだということです。彼はまた、ある種の仕組みによって捉えられています。仕組み、そう、仕組みです。我々は仕組みに対して何ができるでしょう。革命的な仕組みがあるようにブルジョワ的な仕組みというものがあり、今夜このホールのなかにさえ一つの仕組みがあります。優雅さという偽りの、そして感動的な観念があるのです。そうではないでしょうか、ジャン・ジャンバックよ。トロワにおける私とジャンジャンバック神父との会見に話を戻すなら、その夜彼の頭上に漂っていたのは、白い僧服の約束でした。それは黒い僧服をまとった男に対してなされた、私の知る限りもっとも下劣に打算的な約束です。しかし彼はそのことで盲目的になったわけでもありませんでしたし、女性たちがすきを見せ、涙を流し、自ら与えるのは告解室とは別のどこかであることを知っていたでしょう。人はこの白い僧服を、ジャンジャンバック神父と彼がすでに犯していた「過ち」とに差し向けたのでした。重大な過ちなどたいていの人間が犯せるものではないのですが、ジャン・ジャンバックはおそらく彼の新たな主人であるサタンに支えを求めつつ、その過ちが最後のものとならないよう望んだのはこの私だというでしょう。すべてを許容する情熱が、また逆に、それなしでは何ものも許容されない情熱が、ジャン・ジャンバックの心に住みついています。おそらくこのとき私は彼に、死神が偉大な詩人ペトリュス・ボレルに対して語った言葉[*2]を引用してやることもできたでしょう。

お前は何を待っているのか。何を欲しているのか。誘惑する修道院の言葉ではなく
いやそうでなく、むしろこの私の言葉を信じるがよい。
我が子よ、お前はまだ修道院がいかに拘束するのかを知らない！
それは休息を約束する。だが実のところは嘘をつき、
牢屋に閉じこめ、お前をやなに囲いこむジプシーにすぎない！
人はそこでは、自らの強迫観念にとらわれたままだ。
それは砂漠の風のもとにあり、凪《なぎ》の状態が来ることはない。

時間をかけて、情熱の炎を掻き立てる。
聞いてくれ、修道院でお前は俗世界におけるよりふさわしい場所を
見つけたりはしない。その偽りの休息の空気を恐れよ。
聖アントワーヌのおぞましい色情狂を恐れよ。
誘惑と悔恨と危険とを
肉体の攻撃と魂の墜落とを恐れよ。
砂漠の風のもとで、お前の欲望は燃え上がるだろう。
孤独は締めつけ、責め立て、打ち壊し、炎上させる。
前代未聞の災いのなかで、お前の感覚は失墜するだろう。

とはいえ私には、結局口にすることはなかったこの懇願に、無駄に実際的な意味を貸し与えることを慎むのも難しいのです。我々二人の対話において、忘れがたい一瞬がありました。それはジャンジャンバック神父が、人がそうなってほしいと思っているものにならないことを決心した瞬間、人間にのしかかっているもっともおぞましい権力が彼にそうなってほしいと思っているものを拒否した瞬間であり、不快な草が次々と首に垂れてくるにもかかわらず、何としても流れを遡ろうと決心した瞬間でした。

しかしそれ以来……。いえ、それ以来などというい方に意味があるでしょうか。私はジャンジャンバック氏が、さまざまな妄想と、またさまざまな情けない現実と闘っているのを目撃してきました。多かれ少なかれはっきり意識を保ったままに夢のなかで逃げまどう、彼はそんな生き方をしていました。ときには大いなる怒りが、また大いなる無理解が、彼を駆り立ててきました。多少の時間を無駄にさせられたのだとして、その代わりに取り返すべきものなど、正確なところいったい何があるのでしょう。もちろん何もありません。もし誰かが家を焼いてしまったとして、少なくとも他の誰かが「責任を取ったり」するでしょうか。いかがでしょう、どうかジャン・ジャンバック氏に、我々の一人一人がいかにして一度にこれほど多くの生きる理由を見つけるのか、しかも今とは違ったし方で生きるためのこれほど多くの理由を見つけることになるのか、語ってあげてくださいませんか。瞑想と行動とは、一対の陶器の犬のごとく、冷ややかに見つめあっています。しかし通行人たちが立ち止まると、そこにいた人々は立ち去ってしまうのです。

私はジャン・ジャンバック氏と、彼にとっては十分に広いものではなかった道のうえを、ほんの少しだけ同伴して歩きました。外面的な冒険への嗜好は彼を、私が赴くことのないようなところへと連れていきました。時間と場所の単一性の規則をおよそ遵守していないような、なじみの演劇のある場面に、私は何度も立ち会ってきました。女占い師の小部屋、どこかのラブホテル、ソレームの大修道院〔グレゴリオ聖歌研究で知られるベネディクト派修道院〕、ブランシュ広場のカフェ・シラノ、[*3]大司教館の控えの間、ブリュマンタル夫人の庭園、それにモン゠サン゠ミシェルの司祭館は、ジャン・ジャンバック氏の奇妙な道行のなかで、訪問の痕跡をとどめながら混ぜあわされています。それだけではありません。ジャン・ジャンバック氏ははじめての著作である詩集『大修道院長』を刊行したばかりです。そこでは内容にふさわしい疑わしげな形態のもとに、溢れ出るがままの形で——彼が自らを文学者などではないと考えていることを認めてあげていただきたいのですが——、そう、溢れ出るがままの形でたいへんに特殊なそのインスピレーションが展開し、これまで誰にもできなかったようなやり方で、宗教的なものに対する愛と世俗的なものに対する愛とが和解させられているのです。そこでは深いユーモアが、この和解の試みが持っているはずの、無根拠で、おぞましく錯乱したものを忘れさせてくれるのです。

理屈のうえでは、私はジャン・ジャンバック氏と仲たがいをしております。彼のいうところでは、それは非常に遠いところに原因を持つ、我々二人の気質の両立不可能性のなせるわざだそうです。事実彼は、シュルレアリストたちの革命的神秘主義と彼が呼ぶところのものを非難するだけでは満足せずに、私への手紙のなかで、私がかつてアヴィニョンの教皇であったことを、自分のなかの深いところで知っている、と書いてくれました。また同時に、

「現代の精神医学全体を無視しつつ、きっぱり断言したいのだが」（というのが彼自身の表現です）、自分はかつてモン＝サン＝ミシェルの大修道院長だったというのです。反論はいたしますまい。私はかつて、対立教皇ブノワ一三世だったのかもしれません。破門され、また破門し続けたあの教皇、キリスト教世界総体の怒号や狂った王シャルル六世の脅迫、ピサ公会議やコンスタンス公会議における全教会勢力あげての壮麗なる異端排斥にもかかわらず、西欧の教会大分裂を、自身の生涯すら越えて引き延ばした、あの教皇だったのかもしれません。この人物のなかに自らの姿を認めることができるなら、それは願ってもないことです。

それではジャン・ジャンバック氏の話を聞いていただきましょう。サタンはパリにいるのかもしれません！　ユイスマンスの『彼方』におけるデュルタルの長い台詞をいい換えて、ただし私がデュルタルと同意見なのはあくまで弁証法的な手続きを踏んだうえでのことと明言したうえで、デーモンの崇拝は神の崇拝より不健康な度合いは低いという考えを述べておきます。[*4] 神の崇拝は化膿させ、他方の崇拝は光り輝くのです。そうでなければ何らか神的存在に嘆願するすべての人々は痴呆症であることになるでしょう。善の彼方への彼らの飛翔が、感能の激しい苦悩と一致しているということすらありそうな話です。邪淫とは、信仰の純粋な滴なのですから……。みなさん、新聞に書かれていた死刑囚の処刑に関する細部を思い起こしてください。そこで明かされているところでは、執行人の仕事ぶりは非常に臆病なもので、囚人の首を切るときはほとんど気を失いそうであり、神経を病んだ状態だというのです。それはおそらく執行人が、「善のための」行動だと思っているからです。なんと哀れなことでしょう！　かつての不屈の拷問者と比べてみてください！　あの連中は相手の足を濡れた羊皮紙のストッキングに包み、それが火にあぶられて収縮することで、じわじわと肉体を砕いていくよう仕向けました。あるいは骨をへし折ったりしたのです。道具の角を腿にめりこませて骨をへし折ったり、万力で両手の親指を折ったり、背中の皮をひも条にはぎ取ったり、お腹の皮をまるでエプロンのようにめくり上げたりしていました。引き裂き、吊るして海に落とし、体を焼き、熱したブランデーをかけたのです。それもまったく動じない表情で、神経も平静なままで、いかなる叫びにも懇願にも心を動揺させることなしに。なんと勇敢な人々でしょう！　こうした行為は多少とも疲れをともなっていましたが、彼らはただ仕事のあとで、善き渇きと大いなる空腹とを味わったにすぎませんでした。さて一枚の宣伝広告を信じるならば、一九二七年、我々はパリでサタンに会うために、腰を上げたらしいのです。繰り返しましょう。サタンはパリにいるのかもしれません。ジャン・ジャンバック氏は我々のために、善き渇きと大いなる空腹を取り返してくれることでしょう！

アンドレ・ブルトン

＊1　この時点では、エルネスト・ド・ジャンジャンバックはこのように自称していた（解説参照）。

＊2　以下はペトリュス・ボレルの小説『マダム・ピュティファール』（一八三九年）の序詩からの引用。ここでボレルは、詩人が対峙すべき三つの力として、社交界、孤独、死を挙げている。ブルトンは『通底器』（一九三二年）でも同じ詩に言及している。

＊3　シュルレアリストたちが毎日の集合場所に利用していたパリのカフェ。

＊4　以下この段落でブルトンは、ユイスマンスの小説『彼方』（一八九一年）の一節を、ときに意味を反転させながらパラフレーズしている。J・K・ユイスマンス『彼方』田辺貞之助訳、桃源社、一九六六年、三一五－一六ページ。

# 序文

一匹の危険な虫が人間のはらわたを蝕んでいる。我々が存在することを何一つ正当化してはくれない惑星のうえで、この強いられた小旅行を受け入れることなど、もはや何としても不可能だ。揺り籠かと思えば不吉な航海を続ける船になり、結局は棺桶に姿を変える、そんな車輌に揺られていくしかない旅行などどうしてできようか。

二〇世紀においてはすべてが凍りつき、オートマティックで魂を持たない。我々の状況はまったくもって絶望的に見える。いかなる音楽もいかなる詩も、いかなる女性の抱擁もいかなる宗教の伝説や信仰も、いや春でさえ、若い娘の絹の下着でさえ、峻厳な青空に向けた子供の懇願する祈りでさえも、不安の元凶を取り去ることができるほど、絶対的なものに見えはしない。

多くの人々はもはや互いに正面から向かいあおうとはしない。見世物から気を逸らし、冷静に、目的も希望もなしに生きなくてはならないのだ。きわめて安易な現実的解決で満足するものもあれば、本能的に宗教へと避難しようとするものもある。ほとんどが幻想を抱くことを望み、自らの害毒を見つめようとはしない。だが鳥籠から逃げ出すものもいる。彼らは最後まで考え抜く大胆さを備えていたのであり、まるで恋する女たちのような情熱で、必死に自らの心の動きに身をゆだねようとした。ナイチンゲールの歌を歌い続け、オウムの言葉を語り続けようとは思わなかったのである。

自殺や狂気？　そこにはしばしば逃げ出すことへの性急で抵抗しがたい誘惑がある。そして愚かに、あるいは英雄的に、人間の尊厳を打ち捨てた虫けらたちがいる。尊厳などもはや、誰にも賞讃の念を起こさせることはない。彼らは精神の高みも魂の深淵も死んだ事物としか思わず、もはや植物の次元を超えることもないのだ。

腹のなかでハワイアン・ギターをかき鳴らすものたちはいったいどこにいるのだろう。大地はホコリタケのような人間たちがうじゃうじゃ繁殖する腐ったキノコ畑であり、ガスと粉塵で膨れ上がったキノコ人間たちは、棒でつついただけで破裂する。

くそったれ！

我々は吐き気を催す。我々の魂は汚れ、女たちはけがれ、不純な人生はかき混ぜてはならない淀んだ沼だ。こうしてすべてが毒をもられ腐敗しているのなら、純然たる自殺を選ぶか、それとも想像力の驚異的な力による世界の再創造、祈りと信仰による神秘の再生を選ぶか、我々は決めるようにと命じられている。処女なる雪は、白い聖体のパンと、マリアの顔ほどにも無垢な、光沢の強い紙のなかに避難した。

我々には天文学など使い道がなく、「無限空間」の科学に脅かされることもない。我々の命運は地上で賭けられているのであり、自分が大地をなめる愚かなカタツムリであると意識している。そして通ったあとにヌルヌルした痕跡を残していくのだ。もし優しく輝くはるかな星へ触覚を向けようとしないなら、我々はもう殻に閉じこもってくたばるしかないだろう。なぜならもし神が存在するならば、精神がどれほど厄介なものだとしても、結局のところ物事は単純であって、窒息して死なないためには聖体のパンを食べねばならないのだから。

反対にもし神の肉を欲しないならば、不条理であると同じくらい自然でもある、「神が人間を作る」というこの事実を求めないとするならば、我々は自らを崇め、神となって、ヤハウェと霊と吸血鬼の顔に胆汁を吐きかけねばならない。すべての現実性を否定し、自らの身長を実際よりもはるかに高いと勘違いして、幻を追いながら現実を見失うことになる。

聖体のパン、あるいは夢の白紙。

カタツムリであるわが同時代人たちよ、選びたまえ。君たちの頭上には天の川がある。それが幻影でないと誰がいえようか。天の川はおそらく君たちの頭のなかにあって、光り輝く天空もきっと君たちの頭蓋の天井でしかない。

超自然主義とは詩的体験と神秘的体験の一致する地点だ。それは純粋な瞑想の状態であり、道徳的な帰結としては、運命論的静寂主義《キエティスム》を生み出すだろう。

カタツムリは星の乳房を吸うことができるかもしれないし、くたばるだけなのかもしれない。

しかしながらすべては今この一瞬だ。花でありバイオリンである魂は打ち震え、弱々しい指が真っ白な広がりのうえに急いで書きつける。「サタンはパリにいる」

「しっ、静かに。消灯時間だ。寝ている人たちを起こしてはいけない」という声が聞こえる。

だが私は我慢ができずに叫ぶ。

「サタンはパリにいる」

パリのサタン◎**目次**

第一部



第二部

## 第三部



## 第四部

★シュルレアリスムの本棚

# パリのサタン

凡例

〔　〕は訳註、長いものは＊で各部の最後にまとめた。

# 〈第一部〉

## 竹棒の一撃《ク゠ド゠バンブー》（＝狂気の発作）

ニグロは雪のなかで魂を洗う。

私はといえば、いつでもチター〔琴に似たヨーロッパの弦楽器〕を弾きながら、数世紀も前すでに歌われていた同じ聖書の詩篇に小さな音で伴奏をつける。それがニグロを苛立たせたに違いない。彼は怒って近づいてくると、持っていた竹製のステッキを私の頭に打ち下ろす。

ニグロは誰とも知れぬ聴衆に語りかける。

「こういう二〇世紀の人間たちはみなあまりに無気力だから、彼らが後生大事に思考を閉じこめている愚かな頭蓋骨に、発作的な一撃を喰らわしてやるしかないのですよ。特大の一撃をね。奴らの汚らしい頭は詰め物をしたジャガイモみたいなものなので、そこからまばゆい星の雨を飛び散らすには、これ以外の方法はないのです。

愚かで単調な虚無の出がらし歌を口ずさむだけでは、響きのよい太鼓であるとか、大きな道に林立する骸骨みたいな電柱でしかないことを受け入れたりはできません。私が何とかしないことには、地球は臭いのないすかしっ屁のような最後の詩の吐息を吐き出して、すぐにも死んだ惑星になってしまうでしょう」

こんな説教を終えると、ニグロは私のチターを脇に抱えて立ち去っていく。右手に持った懐中電灯が道を照らし出していた。その夜会用のケープに雪が落ちはじめる。

しかし彼は急に思いなおすと私の方に戻ってきて、そっと耳打ちをする。「モンマルトルに来たまえ！」

私は困惑する。

## 墓地の石灯籠

私はモン＝サン＝ミシェルの人気のない回廊で眠りこんでいた。もうチターは手元にはない。夜だ。明日はイセエビのマヨネーズ・ソースがけとホタテ貝を食べよう。

　このときニグロはヴォージュ地方へと発っていった。シャルム〔ロレーヌ地方ヴォージュ県の町〕のブラスリーでビールを一杯やるためかと思ったが、間違いだった。ニグロはシオンの丘で巡礼をしているのだ。『精霊の息吹く丘』の主役である友人のバヤール神父[*1]と落ちあうのだろう。

　タキシード姿のこのニグロはご存じのとおり、いつもはダンスホールでバンジョーを弾いている。今夜は私のチターをつまみあげると、ビールを飲んでもいないのに、バレス[*2]調の単調な旋律《メロペ》を悲しげに奏で、私はボシュエ[*3]の『追悼演説』を聞いたかのように涙が止まらなくなる。

　彼の独演を聞いていただきたい。

夜のバルティモアを出港し、
バレスは
シオンの丘をさまよう
手には龕灯《がんどう》
それはレストランの影の盗人だ

祖霊の魂を
無酵母のパンとして食すレストランの。

シャルムで彼は
ミラベル酒を味わい
ロレーヌ河とシミー・ダンス〔一九二〇年代のアメリカで流行したダンス〕を踊り
モーゼル河をヒイラギの枝で
鞭打つ。

暗闇は
バルティモアの燈台の周囲を
ゆっくりと旋回する。

死者バレスは
ボスポラス海峡の鳥たちに
葉巻タバコを売りつける。

陰鬱なアカデミー会員は
アルザス結び[*4]のネクタイをしている。
ワラジムシたちの闘いで
彼は北極星の踏切番に
短刀をかざして見せる
北極星は
バレスの黄昏どきのフロックコートのうしろで
涙にくれる小娘だ。

見張り番は
蠟燭の受け皿の大きな油脂の涙を拭きとって
芯の火が消えるのを防ぐ
それはサン＝ゴタール・トンネル[*5]に
大蠟燭もなしに踏みこもうとする放浪者のための
吹きさらしの納屋でのことだ。

タバコの吸い殻、ここに眠る
エル・グレコの缶詰のなかで。
噛みつけバレスよ、街灯の吸い殻に
旅立ちの吸い殻に、失望の吸い殻に
香炉係にも
チップを忘れるな!!

続いてスラヴの草原から届いたメロディーのこだまが聞こえてくる。そしてニグロの方に、『精霊の息吹く丘』の神父が近づいてきた。神父はあまりおしゃべりではない。ニグロに二つの質問をするのだが、一つは典礼に関するものであり、もう一つは道徳神学についてのものだ。第一の質問は以下の通り。
「教皇は葉巻を吸う権利を持っているか」ニグロは首を縦に振り、ウィンクしていう。「思うにレオ一三世は、精神を目覚めさせておくために嗅ぎタバコを使っていたはずだ。参事会員が冬には暖かい羽毛に包まれるよう気を配っている、かくも母性的なローマ教会は、教皇にタバコの使用を許すに違いなかろう。何人もの豊かなカトリックの実業家が、すでにほのかな香りのついた、まったく催淫作用を持たない聖職者用タバコを生産する工場の建設計画を練っている」

神父はニグロに、この問題を解決するための公会議を招集することが必要だと述べる。二人はこんなポスターを作ってイギリスに発送する。

告示

イギリスの、したがってプロテスタントのタバコ商社のいくつかは、次回の聖職者用タバコ・コンテストで教皇の好意をえようと欲するならば、できる限り速やかに改宗することが望ましい。コンテストはヴァチカンにおいて、今年の灰の水曜日[*6]から開かれるが、それはアヴィニョンの教皇の城における幽霊たちの公会議の開催日ともなるだろう。

このポスターを作るとニグロと神父は、二人ともひどく興奮し、シャルム特産のビールのジョッキをぶつけて乾杯をした。ビールの泡が謎の神父の僧衣を濡らす。彼はドイツ風のたるんだ表情を振り払うと二番目の質問をした。

「パリのキオスクの花売り娘は中国の司教に恋することができるだろうか」

ニグロも今度は困惑していった。「この件についてはローマのアンジェリック校における我が神学上の師のどなたかに問いあわせなくてはなりません。この微妙なケースについての書類を準備する必要があるでしょう」

こうして二人は別れた。ニグロは肩に街灯を一つかついでいる。神父は手に至聖所を見まわるためのランプを握りしめている。

墓地の石灯籠の灯りのなかでバレスは笑った。

## 白い睡蓮のうえのインクの染み

しかし私は紙屑籠のなかから、なんだか奇妙な映画のシナリオを引っ張り出した。それは夜に出歩くジャンという名の神父の冒険だ。手書きのシナリオの文章は、まるでもうスクリーンに投影されているかのように浮き出て見える。

## 夜の司祭の物語

パリのマドレーヌ教会で助任司祭をしていたこの若き神父ジャンに何が起きたのか、正確なところよくわかっていない。彼はこの夏、不思議な形で姿を消したのだ。

わかっている情報をまとめると、彼は親友の手にかかって殺され埋められてしまったものと推測される。

その友人とはなぜだか金回りのいいニグロで、バンジョーとハワイアン・ギターを弾くジャズマンであり、モンマルトルのダンスホールとトゥケ＝パリ＝プラージュ[*7]のカジノで演奏していた。

この若き神父の生活は、道徳的な観点からしてなんとも奇妙なそのあり方と比べるならば、マルセル・プルーストがソドムとゴモラについて書いたあらゆることも色あせてしまうようなものだった。

ジャン神父は優雅で、バックルのついた靴を履き、光り輝く瞑想的な目を持っていて、ローマ風のケープに麗々しく身を包んでいた。

しかし夜になるとベッドのなかで退屈し、祈りを捧げているにもかかわらず夜についての強迫観念につきまとわれ、すぐさま不安になってしまう。気を紛らわすために、起き上がると僧衣をまとい、何かを懐かしむような気持ちで大通りをさまよいに出ていくが、それはただ状態を悪くするだけで、熱に冒されて部屋に戻ってくるのだった。

彼は蓄音機と黒人レヴュー《ルヴュ・ネーグル》のレコードを何枚も買い求め、ジャズに熱狂しはじめた。

こんな風に多かれ少なかれ奇妙なジャン神父の人生は、門番の女性を、ついで大司教である枢機卿をひどく心配させた。

枢機卿は夜に徘徊する若い神父の件で心を痛め、しばしば眠れぬ夜を過ごしていた。

神父の出歩きがますます謎めいたものになっていき、これはまずいと感じた枢機卿は、長いあいだ考えた末に、危なげな助任司祭をソレーム〔仏北西部サルト県の町〕のベネディクト会修道院で休ませることにした。

典礼の美しい祭式とグレゴリオ聖歌の調べで世界的に知られたこの僧院で、修道僧たちに迎えられ、神父の神経衰弱が解消することを周囲は期待した。

ところが休養中の神父はお勤めの合間、サルト川の岸辺で夢想するばかり……

夜になると神父は、一人部屋のなかで、僧院全体が寝静まったころ、スーツケースから大切そうに包まれた品物を取り出すと、とても慎重にテーブルのうえに置いた。

それは旅行用のピーター・パン〔携帯用のレコード・プレーヤー〕だった。彼が骨ばった長い指でネジを巻くと、美しく輝くコロンビア社のレコードが、金属の針のもとで回転した。すると密かに、録音されていたハワイアン・ギターの単調な音色が聞こえてきた。

僧衣の男の顔は輝く。あるいは憂鬱な表情に包まれるのだった。

だがある日、神父はソレームから姿を消してしまった。

枢機卿に知らせが伝わった。

捜査がはじまったが結果は伴わず、一人部屋に忘れられていた、フローレンス・ミルズ〔アメリカのハーレム・ジャズ・シンガー〕を表す小さな版画が見つかっただけだった。マドレーヌの助任司祭はシャンゼリゼのミュージックホールのプログラムから、この肖像を切り抜いておいたのだ。

神秘好きでスポーツ好きで世俗的なパリの社交界は、若き神父の失踪についてさまざまな憶測を積み重ねた。

ところがある朝大司教に届いた手紙には、「埋葬されたる神父ジャン」のシュルレアリスム風の写真と、死臭漂う、禍々しくも皮肉に満ちた一種の哀歌、「白い睡蓮のうえのインクの染み」と題した詩が含まれていた。

この手紙を受け取って、枢機卿とパリのあらゆる高位の僧は驚きに打ちのめされたのである。

同じ日の夜、ミュージシャンのニグロはモーターボートでトゥケ゠パリ゠プラージュを出発すると、モン゠サン゠ミシェルを目指していた。

彼は真夜中に到着し、司教館にほど近い宿泊所の扉を叩いた。

部屋に入るとすぐに、彼はスーツケースから若い聖職者の写真を取り出し、続いて書類入れから今なお彼を感動させ続けている数枚の紙片を引き出した。そして以下のような文面を読みながら、発作のようにむせび泣くのだった。

---

ソレームのベネディクト会大修道院への隠遁

六月一九日、土曜日夕刻

夕刻の瞑想のとき、私は新聞に次の見出しを見つける。

神経衰弱に陥った女性アーティスト
レジーヌ・フロリ[*8]がロンドンで自殺した
その下に小さな軽飛行機も見つかる。

T中尉が、
その旅行を終えた

ミュージックホールのスターである素晴らしいアーティスト、レジーヌ・フロリがある劇場の舞台裏で、拳銃で自殺した……

幕の下りる直前に心臓に銃弾を撃ちこんで……

すべては謎に包まれている……。私はレジーヌ・フロリの魂のためにデ・プロフンディス（深き淵より）を朗誦した!!! 花々の女王よ。

サルト川に面した大修道院の宿泊所……。ここは蔓を絡ませるバラの木に囲まれている。

宿泊所には一つの部屋があり、
その部屋には私がいる
私は自殺について考える
私は女について考える
私は死について考える
私は軽飛行機について考える

こうした考えはすべて黒みがかった青紫色にいろどられ、私はといえば、花でもなく鳥でもなく、大司教ですらない。

感情の視点からすれば、色調は同情から絶望へと移っていく。

僧院の憂鬱を知っているあらゆる人々にはこの告示を。――絶対と向かいあったあらゆる孤独は脳を圧迫する。

祈り、日課、典礼。

祈りとは、祈る意識とこの祈りへの注意深い意識とを前提にするものだと指摘しておきたい……

私は祈る、そうだ、私は祈る。

誰に？　何を？　神に、聖処女に……

まるで無線電信の波長のように、未知の世界へと向けられた懇願。答えなどはない。子供は貝殻のなかに、もはや海の音を聞かない……

落胆、幻滅。

疑い？　もし神が存在しなかったら？

私はスコラ神学の教科書を開く。「運動の論拠。第一動因が必要だった」なんにせよ神はよき機械技師に違いない……

もう一つの疑い？　もし外的世界が現実でないとしたら？　不安な問題だ。私は顔面神経痛だ……

思考!!　拷問の道具。

総体的状況

形而上学的な居心地の悪さ
自殺の強迫観念
女性に関する妄想「レジーヌ・フロリ」
軽飛行機の動的興奮
私の「リビドー」の不十分な神秘的昇華

修道士たちは終禱を唱えた……。私のスーツケースのなかにあるものといえば、

チェリー・ブランデー一瓶
グレイスのタバコ一箱
小型の携帯レコードプレーヤー。

『イヤーニング』をかけてみる。それから『ティー・フォー・トゥー』〔ともにジャズの有名曲〕。酒を飲み、タバコを吸う……。神に許しを請い、それから聖処女の胸で眠ることを夢見る。

この火曜夜、神父さまは頭に紫のキャロット〔聖職者のお椀型の帽子。紫は司教が被る〕をかぶっている。修道士たちは柱廊で影となり……

サルト川には動かない船が一艘。

パリへの追憶。ここには思いがけないものも、事件も、新しいものも何もない……

神!! ここで彼らは神に達するために一生を費やす。

何もない! カフェのテラスに坐ることも、酒を飲むことも、タバコを吸うことも、夢見

ることも。
なぜ人間たちは動き回るのか。
なぜ人間たちは思考するのか。
なぜ眠るのか。
愛。

シャトーブリアン
彼方のスイスでは
風に髪をなびかせ
氷河を眺めながら夢見る女が
ハリケーンに
そしてヴァチカンでは
カモメ
教皇が孤独に散策をしている

それから?
シンプロン・オリエント急行〔一九二〇~三〇年代に運行されていた豪華列車〕が全速力でヨーロッパを走り抜けていく。哲学者のような子牛が一頭、それが通り過ぎるのを見つめている。典礼は子牛を神の崇拝に結びつけている。祈禱書は子牛の革で束ねられているからだ。

ハイタカの輝く目……
世界は自らと同一である。人間たち、鳥たち、獣たち、植物、花、小川、太陽、星々、宇宙、木々……
精神－息吹－詩。

---

ニグロは友人のノートを読み終えると部屋の窓を開けた。月光と満ち潮がモン＝サン＝ミシェルを浸していた。彼は悲嘆に暮れた恋人のように、カモメを愛おしく抱きしめようとして、空虚のなかに身を投げた。

そして私はシナリオを紙屑籠に投げ捨てる。紙屑籠は大修道院の、オジーヴ式回廊〔交差式のアーチに天井を支えられた回廊〕に遺棄される。だいたいにして、ここには修道士たちの昔の手稿が見つかる。私はなぜ偶然にこのシナリオを見つけ出したのか、よくわからない。どうしたらいいというのだ。今は夜だが私は不眠症で、朝課を朗唱するためのチターもない。そして我が友人は、墓地の石灯籠を見るためにシオンへと去ってしまった！

## 七面倒くさい話

ニグロのタキシードの右ポケットには葉巻の吸殻が、左ポケットにはバレスがくれた蠟燭の残りが入っていた。彼はいつ戻ってくるのだろうか。

私はいつ私のチターを取り戻せるのだろうか。

このとき一人の修道士が、力いっぱい鐘を鳴らしながら、修道院の正面入口に向かって進み出ると、大陸の方角に向けて叫んだ。

「人間たちよ、我が兄弟よ、いつになったら草のうえでの馬鹿騒ぎをやめる気なのか。愚かにも満足しきった平野がその草原の絨毯を、メランコリックな雌牛のごとき君たちの尻の下に広げている。

毎夜一人部屋で眠りにつく修道士たちは、部屋履きを履き、手には蠟燭を持った一人の処女が月の世界からやって来て、こんばんはといってくれるのを待っている。我々は年老いた女を愛さないからだ。

神もまたおいしいタバコをほしがっている。回廊は、人生を送るうちにデラシネや反抗者となり、あるいは犯罪者にすらなってしまうものたち、すなわち生きているものたちを引きつける。聖パウロを怒らせた肉体の刺激をどうやって鎮めよう。禁欲はたしかに驚異的な冒険であり、野菜と果物しか食べないものたちの知恵を、我々はほめ称えもする。修道院における理想的な食餌療法はたしかに菜食によるそれだろう。肉は感覚を興奮させるからだ。

修道院の門を叩きにやってくる、不安に苛まれた若い人々よ、注意したまえ。君たちは聖体のパンのように、圧延機を通過しなくてはならないだろう。神は子らを手なずけようとする。春の樹液と生命の芽吹き、激しい感覚の熱を欲している。生まれつきの宦官や精力のないものたちは用なしだ。うるさいシンバルに死を！」

修道士は〈招きの交唱〉〔朝課の際の祈り〕を終え、私は答えた。「アーメン、野菜のカクテルを！」それから神に「汝は吸血鬼なり」というと、粘土状の地面を転げまわった。だが耳を地面にぴたりとつけてみると、地虫のコーラスが〈ミゼレレ〉〔「憐れみたまえ」を意味する詩篇の言葉を含んだ楽曲〕を歌うのが聞こえるのだった。

おおこのページを読んでいるあなたよ。理解してくれたであろう、一人の人間の運命が、すなわち紙屑籠に投げ捨てられたシナリオが、どのように扱われるのかを。だがあなたがすべてを知っているわけでもない。本屋の棚には、草稿を屑屋に売り払ってしまっても大地が震えるわけではないような本がいくらでもあるものだ。だが私がここで書いている言葉は、穴のあいたオルゴールではないすべての人々、自分の人生の此岸と彼岸で生きている人々のためのものであり、私は死火山に活動を再開させようとさえ望む。

今まさに劇場の幕が上がる。夜に出歩く神父には神秘のドラマがあるに違いないと、あなたは感じ取ったはずだ。次には邪淫に呑みこまれた大修道院長という人物を目にすることになるだろう。

ここに以下のすべてがある。

オアシスでバナナを食べる隠者。押し寄せる絶望。耳をつけると、死海をさまよう孤独な男の絶望的な哀歌でもあるような鐘の音が聞こえてくる貝殻。ここでは詩篇が唱えられ、光はかすかに震え、ハープが薄紫のビロードのような〈レクイエム〉を伴奏し、聖処女の連禱は朝方の星に苦悩する修道士の魂を苦しめる。小川のなかに、カオスのごぼごぼいう音が聞こえる。それは夢幻劇だ。

私の住んでいる家は私にとって、田舎家でありカジノでありカテドラルでありパゴダ〔仏塔〕でありモスクだ。もはや論理も現実性もない。小さな鐘？　それは葬式の際に鳴らされる、弔いを奏でるハレルヤのカリヨン〔教会の塔の鐘〕だ。しかしもしあなたが四旬節に悔悛を行うのを潔しとしないなら、ディエス・イレ〔死者のためのミサで歌われる聖歌の一つで、「怒りの日」の意〕については楽しげなオーバード〔午前中、表敬などのために演奏する曲〕で、夕刻の哀歌であるメランコリックなサルヴェ・レジナ〔聖母マリアを称える交唱〕については熱狂的なジャズで終えることができる。

するとアンジェリック校からニグロが戻ってきた。中国の大司教に恋をしたパリの花売り娘に関する分厚い資料を抱えている。

ニグロのうしろには列を作るようにして、大修道院長が告解をした、アヴィニョンの城の幽霊教皇の一人が続いて進んでいく。教皇はヒキガエルとキジバトの聖歌にチターで伴奏をつけている。

ニグロは私に長々と、中国の大司教に恋した花売り娘のケースについて説明してくれる。パリの花売り娘はヤン・ツー卿にスミレとスズランの花束を贈ったが、それは大司教の紫色をした絹の下着の一部を手に入れるためだった。それは幸運のお守りであるように思えるが、そこには何らかのサディズムがある。

この微妙な事態を検討するためにニグロはローマに赴くと、アンジェリック校のドミニコ会士のもとに向かい、神学の師に意見を乞う。ドミニコ会の神父はニグロにミラベルのタルトを出したが、二人は麻雀をしてから原罪をめぐって決闘をした。

さてニグロを信じるならば、原罪とは要するに果物と食い意地の問題にすぎない。男は女の胸に、桃のように綿毛に包まれたリンゴを見つけると、神に対して自分にはバナナを要求した。彼らのまわりの打ち震えるほど豊饒な生に興奮し、男と女は食い意地にまかせて互いの体に食らいついた。男は女のリンゴを、女は男のバナナを貪り食ったのだ。

これを見た神は、女にはミルクで膨れ上がった乳房を、男には噴水を与えた。

そして子供とは、噴水に噴き上げられた卵である。

なんと七面倒くさい話だ!!

＊1　バヤール神父はバレスの小説『精霊の息吹く丘』（一九一三年／邦訳：篠沢秀夫訳、中央公論社、二〇〇七年）の主人公。ロレーヌ地方ムールト＝エ＝モゼル県のシオンの丘はこの小説の舞台で、バヤール神父たちはこの地に修道院を再興する。
＊2　モーリス・バレス（1862-1923）フランスの作家。二〇世紀はじめの知識人に大きな影響を与えたが、のちにナショナリズム的傾向を強める。
＊3　ジャック＝ベニーニュ・ボシュエ（1627-1704）巧みな演説で知られるフランスの司祭・神学者。ヴォージュ県の出身。

＊4　アルザスの民族衣装で女性が身につける、蝶型の大きな帽子のような結び方をしているという意味であろう。

＊5　スイスのサン＝ゴタール峠にある鉄道トンネル。一八八八年に多くの犠牲者を出したうえで開通。

＊6　「灰の水曜日」は節制の期間である四旬節の初日にあたる。マルディグラ（肥沃な火曜日）の翌日。

＊7　北仏、パ＝ド＝カレ県の町。一九二〇年代は大規模なカジノが栄えていた。

＊8　レジーヌ・フロリ（1896-1926）フランスの歌手。事実、ロンドンでの公演中に楽屋でピストル自殺を遂げている。解説を参照。

# 〈第二部〉

## ヤンキーおちびちゃんの神父パパ

こうして徐々に神秘な出来事がふえていく。私がチターの弾き方を教えていたアヴィニョンの教皇は私に対し、きわめて深い信頼を寄せてくれる。ニグロの助言に従って、私は回廊にアメリカ式のバーを作ることにした。教皇は私がふるまうカクテルをことごとく味わうと、感情をぶちまけずにはいられなくなった。彼が告げたところによると、教皇は重たすぎる一つの秘密、告解の際に聞き知った、ある魂のなかで今なお吹き荒れ続けている恐ろしいドラマの秘密に押しつぶされそうだという。教皇は星図上の北極星からほど遠からぬ場所に、神の意識を伝える一つの黒板を差ししめした。その黒板にはチョークの文字でこう書かれているのがわかる。

「ゴモラの少年水夫?」

教皇はしゃっくりをしてどもりながら、「わ、わ、私はもう決して、つ、つ、罪の許しを与えられんのだ！」という。

これは一体どういう意味なのか？

行ったり来たりするニグロの様子も、三重冠なきアヴィニョンの幽霊の言葉に劣らず奇妙なものだった。彼は修道院の食堂をダンスホールに改造し、死んだ修道士、死んだ修道女のすべてを生き返らせて、モン＝サン＝ミシェルの岩場のうえでジャズのナイト・パーティーを開こうと準備しているのだ。

彼は私のところに戻って来ると、ユーモアのこもったその目を輝かせて私を紙屑籠のところに連れていった。何世紀のものかもわからない二つ折り判の草稿があまりに埃っぽくて、私はくしゃみをしてしまう。ニグロは籠のなかを掘り返し、ついにはやぶかれた青い紙きれを取り出すが、そこには驚いたことにこんなことが書かれているのだった。

海底電信　シカゴより

ノルマンディー、モン＝サン＝ミシェルの

大修道院長さま

あなたはヤンキーおちびちゃんの

パパになられました……

テクストはここまでだ。

本人のいうことを信じるならば、ニグロはバンジョーを買いに立ち去ってしまう。

## 大修道院のサタン

気が狂う、気が狂う！　モン＝サン＝ミシェルの人気のない大修道院に、ダンスホールとジャズの音。ニグロはサタンその人に違いない！

彼はあらゆる死んだ修道士、あらゆる死んだ処女たちを生き返らせにいった。修道士たちの食堂のタイルにはワックスがかけられたフローリングの床が重ねられ、みなすぐに踊り出す！

なんと身の毛のよだつ夢幻境が準備されていたことか！　気が狂う、気が狂う！

早鐘の時間だ！　修道士たちが祈っている。神父さまは魔王を追い払うために、修道士たちに聖水を振りかけている。修道士も修道女も全員がひざまずいて、夜々の幻影を遠ざけてください、と神に祈っている。

突然タキシード姿のニグロがバンジョーをつま弾きながら入ってきて、修道士全員が叫び声を上げる。

「悪魔のニグロ！　悪魔のニグロだ！　悪魔がやって来た！」ニグロは全員に、カーニヴァルの衣装とバンジョー、それにサキソフォンを配っている。助修道士がドラムとパーカッションを叩いている。生き返った処女たちは、腐敗した骸骨を包む、ゴム製のなまめかしいバラ色の美しい肉体をサタンによって与えられ、チャールストンを踊っている。

サタンのニグロはその悪魔的狂乱ですべてを操っている。彼はオーケストラを指揮し、この私はバーテンで、回廊のダンサーたちにありとあらゆるカクテルをふるまう。

酩酊がすべてを覆い、骸骨の骨の接ぎ目が不吉な音を立て、神父さまは白いカモメに囲まれて回廊のなかを逃げていく。彼は死者のためのミサを唱えたいのだが、走る馬のような音楽のリズムに支配されていてかなわない。

潮の満ち干そのものがリズムを作り、波と風はジャズ・ナンバーにあわせて震える。

空《から》の大修道院で、幾千人の修道士と修道女たちが踊り、カクテルを飲んでいる。夜のなかで千羽のカモメがシカゴのチャールストンを歌う。

ああ！　なんと美しき地獄の夕べ。

気が狂う、気が狂う！

神は報復を欲し、モン＝サン＝ミシェルを大海原に沈めてしまおうかと考える。「真夜中の冒険者たるこのニグロはいったいどうやって、我が大修道院をカジノに変えてしまったのか！　彼に不幸よ来たれ！」

しかしニグロは大きな弓と矢を手に取った。矢には毒薬が塗られているが、そこには墨の染みと睡蓮のしぼり汁が混ぜられている。サタンのニグロは神の心臓を狙う。放たれた矢は銀河の彼方で神を殺す。

このときとてつもない大騒ぎがはじまる。雷、輝く巨大なトランペットと閃光を放つ金管楽器、モン＝サン＝ミシェルの修道院のオルガン、そして海の音が恐ろしく巨大なオーケストラを作り、チャールストンの伴奏を務める。

骸骨たちは墓から出てきて狂ったように踊りまくる。

私は天空をあおいで気が狂い、世界は吹っ飛ぶ。サタンは大修道院にいる!!!

## 大修道院長の誘惑

大騒ぎのあとに沈黙がやって来た。修道士たちと処女たちは再びその陰気な住処に戻っていった。

アヴィニョンの幽霊教皇は告解の秘密をニグロと私に打ち明け、ニグロはその打ち明け話をもとに映画を準備する。

私は一つ確実なことを知っている。タキシードのニグロはその昔、中世にはすでに存在していた。彼はトゥルーヴェール〔中世北フランスの恋愛詩人〕であり、パリのサント＝シャペル〔シテ島内の礼拝堂〕を建造した聖王ルイのママ、ブランシュ・ド・カスティーユ〔1188-1252 ルイ八世の王妃〕の宮廷でチターを弾いていた。だからこそ、パリはフランスの首都なのだ。

いや、本題に立ち戻るが、ニグロは大昔から存在していたのであり、緑の草をたらふく食った牝牛が乳房をミルクで満タンにし、見事な肉づきを誇っている肥沃なノルマンディーにある、あのモン＝サン＝ミシェルの老いた大修道院長を悪事に誘ったのも彼だった。

大修道院長は老年期に入るころ、目に見えて衰弱していた。彼は久しい以前から、偉大な砂漠の苦行者の助言を守り、野菜しか口にしていなかった。肉食は肉欲を刺激すると考えた苦行者は、弟子たちに菜食を勧めていたからだ。私が思うに彼は間違ってはいない。肉の食事は人間の血管内に、燃え盛る官能の情熱を植えつけるのである。

サタンは策略家だ。

トゥルーヴェール、すなわち冒険する音楽家に姿を変えると、モン゠サン゠ミシェルの大修道院に姿を現し、チターの調べによって、命の消えなんとする大修道院長の最後の瞬間を和ませようと申し出た。

ひとたび大修道院の大司教と二人きりになると、ルシフェルであるニグロは相手の脈を測った。

「いとも尊き神父さま」と彼はいった。「あなたが私の助言に従ってくださるならば、私はあなたを救うことが可能です」

老人はあえぎながらも視線のなかに希望の灯りをともし、悪魔的なるチター奏者を不安な気持ちで見つめた。

部屋にはしおれた紫色の靴下と消えた蠟燭の匂いが立ちこめていた。ニグロは修道士に、人生についてのちょっとした演説をはじめた。「おわかりでしょう」と彼は説明した。「いつでも鍵はポケットに入れておかなくてはなりません。ところで人生の鍵もまた、人間のポケットのなかに見つかります。そして男のポケットとは、両腿のあいだに垂れ下がった小さな袋でございます。いとも高名な博士方を信じるならば、この袋には二つの小さな鳩の卵が入っております。いや、入っているのはオリーヴだとおっしゃる方もおられるのですが。ともかく確実なのは、この袋の分泌腺が人のおなかのなかにある蒸留器の坑道から抽出されてくる奇跡の液体を分泌しているという事実です。抽出される液体が、春に木々のなかを循環する樹液と同じほど激しくあるように、肉をたくさん食べなくてはなりません。野菜はアルコールの精子ではなく、リキュールの精子を作るのです。

尊き神父さま、あなたは年老い、骨は弱り髪の毛も抜けておいでです。もはや煮た野菜しか召し上がらないし、レアのビフテキのように心優しい女性と寝所をともにする快楽をお持ちになったこともない。もはやあなたの蒸留器がブランデーを作ることもありますまい。それでもあなたという悲しい雪だるまを青々とした若き修道士に変えることができるのです。この厳しい食餌療法をおやめになり、私を信じてパリに同行してくださいませ。あなたが司教の衣の下に隠したおなかの小さな袋をよきブランデーで満たす、大いなる饗宴を約束いたしましょう。必ずやあなたの蛇口もよく働くようになるはずです」

大司教は目を希望で輝かせ、説得を受け入れた。あらん限りの努力をして下着と司教服を身に着ける。ニグロのサタンはすぐにオードブルとして、カモメの手羽肉と枢機卿の緋の衣より赤いイセエビに、酔い心地を誘うマスカットワインをかけて差し出した。この前菜に力づけられ、大修道院長はその頭に司教冠《ミトラ》をかぶり、サタンのオートバイにまたがった。そして二人はパリへと逃げ去っていった。

〈まるまる太った参事会員の焼肉屋〉で、二人はパンタグリュエル並みの食事を取った。大修道院長はイノシシやノロジカやウサギ、その他あらゆる狩りの獲物《ジビエ》の肉で腹を満たした。そして少しずつ、食べた動物たちの高ぶった野性の本能が、自分のなかでうごめくのを感じはじめた。彼は突然、生への渇望に満ち、花粉の匂いに花をぴくつかせる仔馬のように若返り、雄ヤギのごとく処女たちの牧草地へと乗り出さんと息まいている。

彼はただちにノートルダム寺院に向かうと、神への感謝のテ・デウム〔感謝を表す代表的讃歌〕を歌った。

今語ったことは信じがたく思えるだろう。しかし私はそれを疑っていない。これらはアヴィニヨンの教皇の聞いた告解の内容であり、それを聞いた教皇は恐怖にとらわれて、大修道院長の罪を即座に許すことができなかった。アヴィニョンの城の聖なる法廷の秘密を私に明かしてくれたのは、幽霊教皇その人なのである。

そして私もまた恐怖にとらわれ、悔悟の心でミゼレレを唱える。

## 女と姦淫の関係を結ぶか？

我々は映画館にいる。大きな白い幕。修道院の大食堂のスクリーン。アヴィニョンの教皇は、大修道院長のスキャンダラスな冒険を声高に説明することはしなかったが、その代わりそれを映画のシナリオに変えた。ここでニグロは素晴らしい映画監督であることを証明し、一連のエロティックな逸話からなる筋立てを巧みに映画化したのである。

この映画を見るのはアヴィニョンの教皇と私だけと思っていたが、ホールは遠い目をした瞑想的な女性の観客によって静かに満たされていた。オセアニアからやって来たという見知らぬオーケストラが小さな音で、オルガンのフォーブールドン〔一五世紀の作曲技法〕に合わせ、弦楽器で序曲を奏でていた。

ドラマはこんな風に展開していった。

大修道院長がスクリーンに現れる。彼はニグロと連れ立ってパリのレストランにいる。神父はすっかり生き返り、さもうまそうに鳥の腿肉を食べながら、脚がコウノトリになった丈の高いグラスでアルザス・ワインを、チューリップの形をしたライン地方のワイングラスで辛口のシャンペンを飲んでいる。彼は酩酊し、短いスカートをはいてブドウの房をつぶすブドウ摘みの娘たちの、輝くようなヴィジョンを見ていた。

ニグロが彼をダンスホールについてくるよう誘うと、舞台装置が転換した。海辺のカジノにほど近いどこかのバーのカウンターで、大修道院長は異邦人の女の隣に坐っている。彼らはエキゾティックで眩惑的なカクテルを飲んでいる。物思いに沈んで押し黙ったままだ。しかし大修道院長は、女の顔、胸、ふくらはぎを見つめ、淫乱で貪欲な、ヒョウのごとき本能が自らを駆り立てるのを感じ取る。巨大な憂愁が聖職者と女性のカップルのまわりに漂っている。カクテルの憂愁、僧衣の憂鬱、剝き出しの腕の悲しき陶酔。カラスがキジバトを犯そうとしている。

教会の香の匂いと白粉《おしろい》のそれが混ざった黒と青の恋物語には、夜こそがふさわしい……。冷静な異邦人の女はその奇妙な友人に、自分の国が恋しくなったので、数日中にアメリカに発つつもりだと打ち明ける。

彼らはサウザンプトンの大型客船のデッキで落ちあおうと約束を交わす。

## 大型客船ゴモラ号での魚釣り

修道院の大食堂でオーケストラボックスの肘掛椅子にくつろぐというのは実にすばらしいものだ。私の隣ではアヴィニョンの教皇が、神に身を捧げたはずの男がさまよう姿を映画で見せつけられて、恐怖の感情に浸されている。彼は咳をする。何回もする。私はといえば、もし今小さな少年給仕《ページボーイ》が入ってきて、「酸っぱいキャンディ、ミントのドロップ、キャラメル、チョコレート!」と叫んでも、怒ったりはしないだろう。

女性の観客はあいかわらず静かなままだ……。ここで司教のドラマの核心部分がはじまる。約束の時間に正確な大修道院長は、ロイヤル・メール・スチーム・パケット・カンパニーの大型客船ゴモラ号の船上で、アメリカ女のキャビンに入ったところだ。

日本の着物を着た彼女の方はシェリー・ワインを使ったニーガス〔カクテル〕を作っている。プレーヤーの針はコロンビア社のレコードを引っ掻いていて、その金属製のツリガネソウ〔針を支えるアームのこと〕はアメリカ式のバーの音楽を輝かせている。

完全に純潔な、蜜蠟のごとき修道士の肉体にエロティックな刺激が侵入していく。イギリス製のタバコ「カプスタン」の波打つ煙が、仕立てのよい彼のシャツのなかでその体をくるみながら、ジプシーに変えていく。

修道院長はハンモックに寝そべる。猫が喉を鳴らすようなその祈りの声は螺旋を描いて神聖な世界へと入りこんでいき、そこではユリの輪廻転生が起きるのだった。

彼は懇願した。「セイヨウトネリコよ、ケシの神よ。もし私が不純な大波に溺れることがあなたの思し召しではないならば、どうか私に救命ブイを投げてくださいますように。聖体のパンに触れて象牙に変わった私の手が、この船上での恋のせいで、アメリカ女の乳房に触れ、汚れてしまうことをどうかお許しになりませんように！　アーメン」

このとき一人の少年水夫の不安そうな歌が聞こえてくる。彼はロープをよじ登りながら、悲しげな鼻歌を歌っていた。

歌はカクテルに多少の酸味を加え、修道士の魂はグリーン・ミントとともにそこに溺れていった。花瓶の花々はにわか雨を待ち、釣り人の使うコルクの浮きは旅行者たるセイレーンの濁った水に引きこまれる。陶然として修道士はつぶやく。「この女はきっと、美しい壺の姿をしている」

彼は修道服を脱ぐと、司祭のかぶるカズラ〔ミサの際の外衣〕のようなペテン師のパジャマに着替えた。ミサの導入の祈りを口ずさもうとするのだが、カクテルが彼に交接の味わいと田園で繰り広げられるヴィジョンを吹きこむ。そのヴィジョンでは優しくも放埓なかのアメリカ女が好色なヤンキー農民であり、禁欲生活に疲れ果て、修道士たちの羊小屋から逃れてきた羊の乳房をせわしなく愛撫しているのだった。

芯の部分から明るく優しい青色の光を発する小さな電球が、ベッドの上から至聖所の聖体ランプのように穏やかな光を投げかけている。

雌花であるアメリカ女は服を脱ぐ。寝台用の窪み《アルコーヴ》に吊るしたハンモックに寝そべって、物憂いしぐさでシャツを持ち上げる。シャツは繊細に織りこまれたモーヴ色の萼片《がくへん》だ。雌蕊《めしべ》のなかの、裸になった胚珠を支える壊れやすい萼である。

薄暗がりのなかで、修道士は震える体を剝き出しにする。彼は近づく。その足取りはフェルト生地の絨毯をしわくちゃにする。それから美しい壺の形をした女の柔らかい輪郭を探る。その壺の肉感的な取っ手が白いビロードのような腕で彼を抱きしめる。彼の手はなめらかなコケの生えたオアシスのなかへとすべりこんでいき、その生暖かい腐植土をくすぐる。蜜蜂となった聖職者は愛をこめて海の彼方の花から蜜を集め、その蜜を汚れた唇でむさぼるように呑みこんでいった。

なめらかなつる植物のごとき女の腿が、長いシュロの枝のような大修道院長の足にからみつく。そのとき花柄《かへい》、すなわち実をつける芯の部分が震え出す。それはカールしたブロンドの綿毛がついた肉でできたアプリコットだ。なまめかしくも素早い女の指が、修道士の貞潔な土地に生えた毛の茂みのなかをさまよっていく。彼女は核の部分をつまんで、それから絞り出そうとする。手のなかでぴくぴくと震える肉のバナナに噛みつこうとする。

突然彼女はミサで使う小瓶を手に持っているのに気づく。それは半透明のクリスタルでできたチューブであり、処女の分泌した液体、香り立つ精液、そして蒸留したレバノン杉の樹液で満たされている。

渇いた修道士は朝露のあとでため息をつく花の中心に口づけて、花冠のなかの蜜をすする。彼女の腰、彼女の鼻孔は震える。修道院の獣は詩篇の歌が聞こえるなかで、痙攣しながら湿った肌めがけて飛びかかる。彼は小瓶に入っている、香りのついた粘り気のあるオリーヴオイルを、旅の女の卵巣の聖杯でもあるチューリップの萼のなかへ、一滴一滴流しこんでいく。この夜彼は、ロイヤル・メール・スチーム・パケット・カンパニーの大型客船ゴモラ号のなかで、この女を犯した!!!

大修道院長は、こうして瀆聖の罪を犯したところだ。絶望に苛まれ、急いで服を着ると、気を失ったままのエグゾティックな恋人をベッドに残し、丸窓から逃れ去る。

彼はデッキに出る。すると一人の若い見習い水夫がロープから降りてきた。大修道院長は、心を惑わすような眼差しをした少年水夫に恋をする。彼を抱きしめ、唇にキスをする。魅惑された水夫は抱擁を受け入れる。

冒険と愛を望む彼らは救命ボートを海に投げこむと、二人そろって飛び移った。

大型客船は遠ざかっていく。大修道院長は、連れ去った幼い少年をモン＝サン＝ミシェルの修道院に連れていくのである。

## ハレルヤ――オール・ライト

かくして我々は、今や最後のエピソードに立ち会っている。モン＝サン＝ミシェルの大修道院長用の居室で長年つらい孤独をかこったのちに、今彼はふたたび死の瀬戸際にいた。すでに片足を墓に突っこんでいるといっていい。アメリカ女の腕のなかに身を投げた大型客船での情事を忘れようと、長いあいだもがき続けてきたのだ。

この場面が演じられているのはしかし、一人用の居室というより独房だった。

ソファーのうえで影が揺らめく。やつれて瀕死の表情の、弱々しい神父の影だ。片方の目が、十字架のつげの木のしたに置かれた、ナイトテーブルのレモンの輪切りを見つめて瞬きをする。退屈な賢さは、旅行カバンの前に揃えられた紫のサンダルのなかに縮こまっている。

一匹のハツカネズミが木片の蔭で、木の屑をかじっている。寝間着からは病んだ男の顔がのぞいている。これは要するに新聞の三面記事だ。大修道院長が死にかけている！　かくして訪問客たちは玄関マットで足を拭き、モン＝サン＝ミシェルの紋章のついた金の盆に自分の名刺を置きにいく。看護係の修道士が部屋履きで歩きまわり、騎士の間《ま》の暖炉を掃除するためにサヴォワ地方からやって来た煙突掃除夫は、戸口の前に黄色い木靴を残していった。

神父は錯乱する……。アメリカにいる情婦に会いに行くために、シトローエンを呼ぼうとする。モン＝サン＝ミシェルじゅうに彼のしゃがれた声が響きわたった。「シトローエン、シトローエンだ。シトローエンを呼んでくれ」瀕死の男の声は地下の太い支柱《グロ・ピリエ》で支えられた礼拝堂まで反響していく。大修道院長は彼がシトローエンと呼ぶ、見えない相手に話しかけている。「我が大修道院長としての最後の手紙を、お前に宛てる。シトローエンよ。金属とゴムでできた英雄よ！」

「私の辞世の哀歌を聞いてくれ」

夜が来ると
億万長者は葉巻を吸いながら
カタツムリが這ったネバネバした航跡をたどる
吸い殻のような敗残者だ。

夜が来ると
カタツムリは殻を引きずって移動する
押し黙った憂鬱の霊柩車
チターをつま弾こうとするものもない
おお、リムジンに乗った我がフィアンセよ！

殻のなかで恍惚に陥っている
シトローエン
車体という殻のなかで
それはあるいはエンジン付きのカタツムリ

シトローエンは
エッフェル塔のホタルたちに
音叉のA音を与える。

糸杉にはいくらかの雪がいる
パーティーには一着のタキシードがいる
一二馬力のシトローエンがいる。
チターの音が聞こえてくると
修道士たちはセミと愛を交わす。

ハサミは
電波塔のなかで
星々を切り取り
ナイフはといえば
居眠りしながらうわごとをいう
エッフェル嬢の渇きを癒そうとして

レモンを輪切りにしていく。
それはトレマ[*1]のファランドール〔プロヴァンスの民族舞踊〕であり
ホタルたちの光り輝くｉの字は
レクイエムの入祭文を歌い出す。
貯水槽の死者たちは
墓地のなかをうろつきまわり
墓地では銃殺された骸骨たちがランプのなかで油脂を蒸留する。
鳥たちのトリルは
モーターの
管のなかでため息をつく。
自動車の魂は膀胱《ヴェシー》を持たないが
地震の螺旋は空中に
ガスとすかしっ屁《ヴェス》を撒き散らし
エサウ[*2]のレンズ豆《ランティーユ》である
ヘッドライトのレンズ《ランティーユ》は

月の輝く小さな穴だ。

くすんだ景観のまわりでは
曲がり角には気をつけよ
タイヤと地面の接触は
撫でるようなものにすぎない。
処女たちを轢き殺すまい。
照明は
エッフェル塔の裳《も》すそのうえに
チョークでシトローエンの
サインを描く
コンパスは身ごもった女性たちの乳房に
虹の縞模様を刻んでいく。

シトローエン卿よ、
ウール《レーヌ》があり、

のこぎり《シー》があり、
エレーヌの蠟《シール・デレーヌ》があり
二つの穴があり
私すなわち
断末魔の
大修道院長がいる
大量生産のシトローエンの
自転車のチェーンの連禱を
詠じてもらえないだろうか。

我が至高の祝福を受けたまえ
かくあれかし！　アーメン！

これほどの努力をして疲れ切ってしまい、瀕死の病人は枕へとばったり倒れこんだ。独房の壁はいかめしく丸裸だ。黒い雛鳥である煙突掃除夫は、修道院の大きな煙突に入りこんでいった。彼は口笛を吹きながら煤を削り取っていき、サヴォワ地方のアトリのようなその楽しげな歌は、重病人の目に生命の灯りをともした。大修道院長は聞き覚えがあるような気がする。それは豪華客船の少年水夫が綱のうえでメランコリックにさえずっていたその歌だ。神父の朦朧とした意識のなかで、記憶は次第に明確になってくる。ノスタルジーが発作のように彼の頭を占領する。煙突掃除夫が招き入れられる。それは間違いなくあの少年水夫で、喜びで飛びあがるようにして入ってくる。病人の顔はパッと輝いた。このとき扉が風でバタンと開き、アヴィニョンの教皇の壮麗なシルエットが忍びこんできた。不敬虔で瀆聖的な過去のスキャンダルにより、モン＝サン＝ミシェルの大修道院長を破門しにやってきたのだ。だが彼は箒で追い払われてしまう。

そして再び錯乱した言葉がだらだら続く。「我が水夫、我が愛しの少年水夫よ、ロイヤルマストから降りておいで。ほら通りがかりの女が、私に空色の手紙をしたためる。覚えているかい。私がハンモックで犯した旅の女を。救命ボートでの脱出を……。一羽のダイシャクシギが見える。その小さな鳥は飛び立つ。首にはリボンが巻かれていて、その結び目には豪華客船ゴモラ号のアメリカ女、ミス・マリーの電報がしこまれている……。我が愛しの少年水夫よ、ロイヤルマストから降りておいで……。ほら、ダイシャクシギが見えるかい」

ダイシャクシギなどどこにもいない。ただ一人の細長い脚をした郵便局員が、修道院へと急いでいるだけだ。彼は砂浜のうえの周回道路を歩いている。堤防に彼の影が見える。扉がもう一度開き、隙間から一本の手が封書を届ける。配達人はベッドサイドマットに青い手紙を残して立ち去っていった。

少年水夫は大きな声で読み上げた。

海底電信　シカゴより
ノルマンディー、モン＝サン＝ミシェルの
大修道院長さま

あなたはヤンキーおちびちゃんの
パパになられました
その子は復活祭の卵《イースターエッグ》を割ったのです
ハレルヤ！
その小さな足で
チャールストンを踊りながら割ったのです
ハレルヤ！　ハレルヤ！
この子には船に乗る修道士としての

適性があるでしょう
オール・ライト
ハレルヤ！　ハレルヤ！　ハレルヤ！

マリー

この知らせを聞くと大修道院長は、喜びに痙攣し、ベッドの横に飛び降りた。「私はおちびちゃんのパパになった。我が水夫よ、その子の名づけ親になってくれないか。花のトンネルのしたでアンジュー・ワインを飲もう。

ハレルヤ！

我が司教冠《ミトラ》のうえで真珠が輝く。私の寝間着を剝ぎ取ってくれ。私は生き返るんだ。私のタキシードを持ってきてくれ。早く車でパリへ連れていってくれ。いや、シトローエンでいくんだ。可愛いいたずら者、可愛い水夫よ、私の司牧杖にぶつかるな。顔を上げよ……。青い手紙のうえを歩かないでくれ」

このとき髭を剃ったニグロがどこからともなく現れ、大修道院長の頭蓋骨に竹棒の一撃をくらわす。モン＝サン＝ミシェルはトランプの城のように崩れ去り、いまや泥のなかに沈みこんでいく。そして大海原がそれをきれいに呑みこんで、もはや跡形もない。

これこそ白く生まれ黒く死ぬものの究極の姿であると思われる。映画の終わりであり世界の終わりだ。

空色の手紙もなく、電報もない
女性の抱擁もない
旅の女は死んだ　交接をやめよ
大修道院長はパパではなく
鳥たちはもはや翼を持たず
鐘はもう時を告げようと躍起になったりはしない
ハレルヤ。

＊1　フランス語の綴り字記号。iやeのうえについてïやëとなる。
＊2　エサウは旧約聖書の登場人物で、イサクとリベカの子、ヤコブの兄。ヤコブの作っていたレンズ豆の煮物欲しさに長子権を譲る約束をしてしまい、これが兄弟間の諍いの原因となる。ここでは「ランティーユ」という語が、レンズ豆と（ヘッドライトの）レンズの二重の意味で用いられている。

# 〈第三部〉

## 身分証のない人物

神と悪魔のあらゆる雷にかけて、このアヴィニョンの教皇こそはまさにサディスティックな男だと断言しなくてはならない。大修道院長が告解で語った話を映画に仕立て上げるとは。教皇は私をそっと連れ出し、私の目の前でたった今展開したばかりのものは私自身の人生なのだと密かに打ち明ける。だとすれば大修道院長とは私なのだ。瀆聖の修道士とはこの私だというのだ。そして教皇は警告する。いくら地上で生きているふりをしていても、実際私はすでにあの世のほの暗い悪夢のなかに浸っているのだと。

そして彼はアヴィニョンへと立ち去った。

私は否定する、すべてを否定する。我が母親の乳房をすら否定する。女たちが子供たちを産み落としただって？　ああ、何というお笑い草だ！　君たちは自分がどこから来たか知っているのか。かつて私は修道士だった。あるいは樵《きこり》だったかもしれない。もう覚えていない。私のもっとも古い記憶は、すでにエナメル性のお丸のうえに、自分の北半球と南半球〔＝両方の尻〕を自分で載せることができるようになっていた、その時代にまで遡る。

だがパパとママとの結婚の日、指物師だった祖父が祝いの家具として贈ったモミのベッドのうえで、二人が寝床をともにするよりも前、何が起きていたろうか。そう、神が粘土で人間を作り、息を吹きかけて魂を与えるより前に何が起きていたか、正確にわかっているだろうか。そして数十億世紀の昔、地球が存在するより前に、何が起きていたのだろうか。

頭が痛いので、もうこのことは考えまい。私が知りたいのはただ、自分がここモン＝サン＝ミシェルで何をしているかだけである。

今や私は、紙屑籠へと投げ捨てられたあのシナリオが、ニグロが書いた、私の人生の最近の物語であることを見抜いた。細部に不正確な点があることからすると、小説めかして書かれたに違いない。たとえば私は、マドレーヌ寺院では決して助任司祭だったわけではない。さらに私は、実に様々な人生を生きてきたので、それと同じだけのシナリオを手にしている。私がかつて、たとえばエロディアード[*1]やブランシュ・ド・カスティーユのような女だった可能性すらありそうだ。私はきっとリンゴのような乳房を持っていて、高級娼婦だったかもしれないし、それから子供たちに真剣に乳をやる家庭の母親になったかもしれない。一つの運命が何百万という世紀の連なりを包みこんでいる。しかしながら私のもっとも重要な強迫観念と妄想を考慮するなら、昔も私は修道士だったと考える十分な理由があるだろう。

私の記憶は徐々に明確になっていく。私の顔に打ちつける海風の冷たい抱擁の効果に違いない。いくつかの目印が見えてくる。

微笑みながらトイレに入っていく人々がいる。マリー＝アントワネットの使ったトリアノンの別館を訪ねても涙を流さない人々がいる。ナポレオン・ボナパルトがセント＝ヘレナの岩山で神経衰弱になったのを理解できない人々がいる。イエス＝キリスト、マホメット、ブッダ、タラララ、ロシア風サラダ！　ハレルヤ！

私はといえば、それを理解しようと努めている。下痢をしている不幸なものたちと同じくらいの努力をして、自分のあらゆる冒険のこみ入った筋のからまりをなんとか解きほぐそう。もっとも確実でもっとも間違いがないのは、私が棺のなかに埋葬されていたという事実、そこで意識と記憶を失ったという事実だ。意識と記憶こそ、拷問の道具なのだが。

僧衣に包まれた私の体は、棺桶と呼ばれるマホガニーの箱のなかに安置されていた。聖職者としての私が姿を消すなどと、まして生きたまま埋葬されているなどと、誰一人考えてはいなかった。私の目を覚ましたのは、棺の板を打ち抜く小さなドリルの音だった。私は恐怖にとらわれたが、それは頭脳的な恐怖にすぎない。私の脳髄はもはや液体を含んでおらず、私が感じているのもミイラの感覚なのだから。木の繊維をかじっていた虫が今度は私の腐った肉体に噛みつき、私の村の司祭が灰の水曜日に口にした予言を文字通りの形で実現しに来たのだろうと私は思った。「覚えておきなさい。人間としてのあなたはやがて灰塵に帰するのだ」と司祭はいった。砂漠で見つけたしゃれこうべの前で恍惚状態に陥った苦行者のように、私は自分がいやしい地虫でしかなく、優雅なるジャン神父も蛆のパテになりつつあるのだと思った。この運命は私の前に無限のパースペクティヴを開いてくれた。輪廻転生について、私の死骸が這いまわる蛆虫に変わるであろうことについて、私は以前からの確信をいっそう強めた。この蛆虫が小鳥の飢えを癒すとともに、あるいは魚の食欲をそそるのに役立つとともに、私は飛行機になり潜水艦になる。私はまた自分の聖職者の骸骨が持つ化学的な成分が腐植土のなかにまき散らされ、花々の養分になればと願った。

私の夢想はしかし、いまだに背筋が恐怖で凍りつくような出来事によって突然遮られた。二つの鮮やかな燐光を発する小さな点が、棺の板を貫いた。それは一匹のホタルだった。昆虫は私の網膜に姿を映すと、輝くフィラメントであるその繊細な体を使い、マホガニーの板に電光のアラベスクを音もなく描きはじめた。昆虫が列車のジグザグな運行を終えたとき、私の足より少しうえの位置には光によって一つの名前が描き出されていた。

ホタルの描いた言葉、それはまさしく「サタン」であった。

突然棺の板が割れ、墓所が数秒のあいだ照らし出されると、ふたたびすべては闇に没した。私は全裸だったが、急いで墓所の外に出ると、自分がモン＝サン＝ミシェルの修道院の墓地にいることをさとった。完全に途方に暮れて、真夜中の風の冷たさに凍えながら、墓所へと戻っていった。それから私の棺の隣の棺の板を、何度か相当激しく叩いてみたが、棺にはかなり年若のペテン師が横たわっていた。私は死者たちの沈黙の法を破ることを謝罪したが、寒いうえに衣服の一枚もなかった。寛大なペテン師は私にその紫のパジャマを貸してくれた。私は感謝し、次にデ・プロフンディス〔深き淵より〕を詠じた。この詩篇の詠唱にあやされるようにして、ペテン師は死の眠りのなかへと落ちていった。

月の光があたりを照らし出し、私は自分の影が自分自身と似ても似つかないことにギョッとした。私はパジャマを着ていたのだが、背後の影は頭巾のついた外套をはおる修道士か、あるいは僧衣を身にまとう司祭の姿をしているのだった。影は少しずつ私の人格と混じりあっていき、私は自分のものではない記憶とヴィジョンに浸食されていくのを感じた。ペテン師の魂の一部がパジャマに染みついていて、ゆっくり私に浸透していく。私はまた、自分と一体化した修道士の幽霊にも取りつかれていた。曲線を描いていく流れ星に、目がくらむような気がした。

自分自身から逃れることができず、ここに自分がいることの意味を理解することもできずに、こんな衣装のまま私はモン＝サン＝ミシェルの城壁を裸足で小走りに走り出した。

カモメたちは取り乱していた。空気中には硫黄の臭いと、解体されたイセエビのような、何か吐き気を催す臭いが漂っていた。私は止まることなく走り続けた。

## ペテン師のニグロ

モン＝サン＝ミシェルでは誰もが眠りについていた。暗闇であるにもかかわらず、私は自分のパジャマがベネディクト会修道士の修道服に変わっているのに気がついた。私はすぐに、この幽霊修道士の状態を受け入れることにした。漠然といくつかの場所や大修道院に気づいたようにも思ったが、岩山の城壁のうえを一人でさまよい歩いていると、休む間もなく恍惚と危険の予感とに襲われた。

私の目はホタルの輝きにくらんだままだったが、瀟洒なラ・シレーヌ・ホテルの壁に再び悪魔の輝く名前が現れた。これらすべては一体何を意味しているのだろうか。私は城壁をグルグルとめぐりはじめた。私が再びそのホテルに近づいたとき、さっきは電光現象の生じたその場所に、タキシードを着たとても優雅なニグロが姿を現し、苦悩に満ちた視線を私に向けた。

「こんな時間にここで何をしておいでですか」

この見知らぬ男の質問は、非常に自然であるにもかかわらず、私には奇妙な効果を及ぼした。私はまったく途方に暮れてしまった。

「何をしているかって？　それが全然わからないんですよ」

「ああ！　全然わからない？　モンマルトルで夜遊びをする若者たちも、ナイトクラブで自分たちが何をしてるかなんてわかっちゃいない。しかしあなたについては、あなたの奇妙なナイトクラブで何をしていたか、ご説明願ってもいいのではありますまいか」

「正直にいうのですが、そうしたことが本当にまったくわからないのです。なぜここにいるのかも、ましてあなたがなぜここにいるのかも。タキシードのニグロが夜中にモン＝サン＝ミシェルまで何をしに来たか、見当もつきません」

彼は私を穴の空くほど見つめた。

「こっちは何もいうことなんてありゃしないさ。けど修道士さん、そっちには説明してもらわなくてはね。冒険するために棺桶から逃げてきたんだろ。だったらついてくるがいい」

このとき鐘がなった。

「朝課だ、朝課の時間だ。修道士たちが起きてくる。君には聖歌隊席にいって詩篇を詠唱しろと勧めればよかったかね。いや実際、そうしたいんなら行くがいいさ。けどもし行ったたって、誰も気づいちゃくれないぜ。君は生と死のあいだで宙ぶらりんの幽霊なんだから。退屈されちゃかなわない。とにかく一緒に来てみなよ」

私は迷ったりしなかった。思いがけない夜の世界の同伴者が示す態度と激情に、惹きつけられていたからだ。しかし努力もむなしく、記憶をはっきりさせることはできなかった。私の記憶はホタルの事件より前に遡ることができないのだった。

私たちは素早く堤防まで下りていった。潮の引いているあいだに急がなくてはならない。ニグロが素早くマホガニー製のモーターボートに乗りこむと、エンジンは回転しはじめ、ボートはどこことも知れぬ方向へ進みはじめた。

ニグロは表情ひとつ変えずに運転していた。私はといえば、モン＝サン＝ミシェルの修道院が遠ざかるほどに憂鬱の暗雲が頭のなかに渦巻いていた。修道院の内陣の光はもはや暗い大きな染みのなかの輝く小さな点にすぎない。「戻ってくれ、修道院に戻ってくれ」とニグロにいいそうになったが、彼は私をそこから永遠に切り離そうと心に決めているかのように見えた。私は泣きだした。

彼は急に私の方を振り向いた。

「おかしくなったのかい、修道士さん。ほらこの香水つきのハンカチで涙を拭きな。夜中に墓場で、パジャマ姿のままジゴロみたいにうろついてるなんて、要するに詩篇を詠唱するシジュウカラの生活にはほとんど魅力を感じてないってことさ」

彼はひそかにせせら笑った。

「修道士、詩篇、なんと退屈な!!!」

ニグロの洒脱さには印象づけられたが、私は完全に安心してはいなかったので、処女マリアに祈りを捧げ、サルヴェ・レジナ〔聖母マリアを称える交唱〕を唱えた。

ニグロは再び振り返った。

「処女マリアはなぜいつも素足で蛇を踏みつぶしているか、知ってるかい」

私は首を縦に振った。

「いや、知ってなんかいないさ」とニグロは文句をいった。「処女マリアは決して蛇を踏みつぶしたりはしなかった。あれは蛇使いなのさ。そして私は海に魔法をかける海使いというわけだ。いつかあんたが蛇に姿を変えて、蛇の鱗にマドンナの足によって処女なる抱擁を与えられるようにと祈ってやろう。これこそ想像できるもっとも精妙なる悦楽の一つというわけさ」

私は茫然として考えこんだ。操縦しているこのニグロには、いくつも質問したいことがあった。段々と興味を引かれていたからだ。しかし我々は人気のない桟橋に着いていた。

ひとたび陸に上がると、楽に呼吸ができた。ニグロはポケットからライトを取り出すと、地図を広げた。

「我々はここ、トゥケ＝パリ＝プラージュから三キロの場所にいる。ほら、向こうに小さな丘が見えるだろ。あれが地下道の入口で、このあたりをモン＝サン＝ミシェルとつないでいるのさ。岩山を掘って部屋を作ってあるんでね。モン＝サン＝ミシェルにそんな住処を持つなんて、億万長者の夢みたいだが、私には実現可能というわけだ」

私は唖然としていった。

「いったいどこでそんな資金を集めたんです？」

「どこでだって？　ああ若き修道士君、私が君に愛情にも似た優しい気持ちを抱いているのでなければ、秘密を教えてやる気にはならないだろうな。けど君たちだって、金を探して地面を掘るだろ。私は海を掘り進むのさ。修道院の地下の部屋で、夜遊びにも飽きてしまったら、タキシードを脱いで潜水服に着替えるんだ。そして海に潜っていく。漂流物のところまで潜っていく。請け負うが、沈没船の腹のなかや、ここで命を落とした金持ちの高級官吏のポケットには、金が残されているものさ……。今のやつらはバカばっかりだ。人間を、人間一人ひとりを愛していると思いこみたがり、挙句のはてにこんな問題に突き当たる。『もしも金持ちになるために、ベルのボタンを押すだけでいいのだとすれば、たとえあなたがそのボタンを押すことで、中国の高級官吏を一人殺すことになるとわかっていても、そのボタンを押しますか』

私だったらいかなるボタンを押したりもせずに、香港で高級官吏を私の潜水艦に引き入れて、直接そのヘソを押してやる。それが彼にはニルヴァーナの歓びを、私には金を得るための一番確かな方法だ。それに私には、太平洋だろうと大西洋だろうと略奪をしてまわる潜水艦の艦隊がある。そしてこの連中はみな、モン゠サン゠ミシェルで落ちあうことになっている。つまり私は潜水艦による、盗みと強姦の一大プロジェクトを指揮しているんだ。私が潜水服で波のあいだを泳いでいくと、海の魚たちは震えあがるのさ」

「いったいあなたは誰なんだ。そんな恐ろしい話を聞かせようとするあなたは何者なんだ」

「私が誰か？　おお、私は単なるニグロさ。タキシードを着て、トゥケ゠パリ゠プラージュのジャズ・クラブでバンジョーを弾いているニグロさ。もっともまるで吸血鬼のように、誰にも気づかれることなしに漂流物を利用させてもらっているけれどね。偶然が私のゴムの腕のなかに運んできた、溺れた若い女性たちはみな、私との情事を経験することになるわけだ」

こんなおぞましい手柄話を聞かされて、私はすっかり吐き気を催してしまった。ジャズマンのニグロは見かけがとてもエレガントなので、魂もそのタキシード同様に申し分のないものと思いこんでいた。私の前にいるのは一人の吸血鬼なのだが、たとえこのニグロが私を渦潮に引きずりこんで骨髄を吸い取ることができるのだと想像してみても、やはり彼を讃嘆してながめずにはいられなかった。もう一度私は彼に、名前を教えてはくれないかと聞いてみた。

「まったく君にはいやになる」と彼はいった。「なんでそんなに私に名前を与えたがるんだい。君にはどうでもいいことだろう。そもそも君自身、君が誰だかわかっているのかね。君は目的もなく中世のなかをさまよっていた。ところがまったくもって幸運なことに私のような紳士と出会うことができたので、二〇世紀を散歩できているんじゃないか。つべこべいわずに私についてきたまえ」

私は反論した。

「このロザリオにかけてそうはいかないぞ。不安な気持ちはあったけれどここまではついてきた。そうしたい気分になったからだ。だが私の質問に答えないというのなら、これ以上ついていきはしない」

私は苛立って、相手のポケットからはみ出していた小さな短剣状のものの柄をつかんだ。

それは金属製のペーパーナイフだった。私はその刃をとがらせるための砥石を探した。

「いったい何をしようというんだ」と、ニグロは面白がっていった。

「そっちが名前をいわない気なら、頸動脈を掻っ切ってやろうというのさ」

「これはまたなんと愚かな！　私がニグロで潜水夫で死体泥棒で船泥棒だから、君はいきなり攻撃的になるのかい。これが君の感謝の表現というなら、棺のなかに納まったままでよかったろうに。まあよい、望みをかなえてやるとしよう」そしてポケットを探りながらいった。

「この小さな貝殻を持っていきたまえ。今から数時間ののち、これが君に私の名前を教えてくれるに違いない！」

## 貝殻の啓示

エルミタージュ〔ブルターニュ地方の町〕のホテルの一室。

私は眠りこんでいた。睡眠、タバコ、そしてシーツの上に残っている私の形。それらはおそらくさしたる現実味を持たない。

目が覚めたとき、私のまわりは夜だった。そして私のなかにも夜が来ていた。すると突然、モン＝サン＝ミシェルの修道院でニグロたちが踊っていたサバトの音楽にとてもよく似た音楽のせわしないリズムが聞こえてきた。

部屋の中央のテーブルに置かれた貝殻が私の注意を引く。悪魔の贈り物の貝殻は、いつのまにか水晶のように透明になり光り輝いていた。またしてもあの小さなホタルが周囲を規則的に飛びまわっている。それはちょうどパリのデパートのショーウインドウで、冬になるとおめ見えするミニチュアの機関車の動きのようだ。ホタルはふたたび紫がかった青色の光をジグザグに動かしてサタンの名を描き出し、どこからともなく優しげなメロディーが聞こえてくる。それは畑の真んなかに取り残された一体の案山子《かかし》が、シダレヤナギの嘆き歌を吹いているハーモニカの響きだ。

今回はもう疑う余地がない。あのニグロはサタンその人だったのだ！

サタン!!!

黒ずんだぼろ靴からネズミたちが飛び出してくる。

修道士たちは回廊に滑りこんでいき、大海原の底から年月のソナタが聞こえる。

## ホザンナ[2]・サタン！

サタンに栄光あれ、地獄の最も深き淵に、意識の最も深き淵に栄光あれ。そして闇の精霊が押し黙った処女林と、オアシスへ逃げ去った魂を犯さんことを。闇の精霊が女たちの乳房に、吐き気を催す乳の代わりに、グリーン・ミントを注入せんことを。

彼はイヴニング用の部屋着姿でやって来た。

私は戦慄し、無理やりに砂漠の祈りと、サタンに向けたボードレールの祈り、そしてルシフェルの祈禱書の詩篇をつぶやいた。

「ホザンナ・サタン」

私はふたたび自らの影である大修道院長の司教服をまとった。鏡をのぞくと、自分自身を美しく、そして禍々しく感じた。我々は狂人の足取りで外に出た。

通りで我々は葬列とすれ違う。墓地へと導かれていくのは十八歳の娘だった。突然に棺がとまる。私が名を告げないままに赦免を与え、「リベラ」[3]を歌い出すと、森のなかで雌ジカのコーラスが、嘆き悲しむハープの音色のような悲痛さで、典礼の不吉な文章を詠唱しはじめた。この思いがけない典礼をこなすには、しかし灌水器が足りなかった。浜辺で砂の菓子を作っていたきかんぼうの子供が一人、小さな漏斗に浜辺の泥水を汲んで持ってきた。死んだ女に恋していた床屋がひげそり用のブラシを貸してくれたので、私は最後の聖水散布を行うことができた。まさにそのとき、熱に浮かされたような鐘の音が鳴り終わった。

「イン・パラディスム・デドゥカント・デ・アンゲリ（天使たちが汝を天国へと導かんことを）」

――おお、葉よ花よ、死んだ娘よ。

私は気づかなかったが、ニグロは激しく泣いていたのだった……。彼はつかず離れず葬列につき従ってきたが、葬式が終わり、眠気とワインのせいで思考の鈍った墓掘人たちまで含め、人がみな立ち去ったころになって、墓地の塀を乗り越えてやって来た。彼はシャベルを手に取ると、急いで穴の土を掻き出した。棺が見えてくると斧で打ち壊し、なかに入りこんで経帷子をめくりあげ死体のうえに身を横たえた。愛を営むことによって彼が女を生き返らせると、穴から突然にニグロの女が飛び出して、無邪気だがみだらな身振りをするのだった。「行け」とニグロは彼女にいった。「モンマルトルの小さなキャバレーに身を落ち着けているがよい。我々もあとから行って、死神の健康を祈ってカクテルを飲み干そう。死神こそは真の聖処女なのだ。なにしろ骸骨のうえに肉がついていないので犯すことができないのだから。それでいて、古い美術館にある騎士たちの金属製の骨組み（＝甲冑）と同じくらい恐ろしい」

私が完全にサタンに魅入られてしまったのはこの出来事のせいだった。悪魔による憑依の錯乱と興奮、そして逸楽を知ったのだ。

森は大気のなかで、絹のようにつややかなマフラーを揺らしていた。ところどころで剝き出しになった岩肌にはつる草が這っていて、それは古い城塞の色あせた城壁にしがみついている。シダの茂みに囲まれた、打ち捨てられたチャペルのステンドグラスでは、小さな光が輝いていた。

至聖所における口づけのような火花を発する炎、
モミの木の木立を走り抜ける雌馬、
森に響く修道士たちの声のこだま、
監獄に響く鍵の音、
スイスの山々に響く牛の首につけられた鈴の音、
地獄の底から聞こえてくる鈴の音、
そしてホコリタケが爆発して胞子をまき散らすときの音、
それらすべてが涙の谷でうめき声を上げている。
ホザンナ・サタン！

まさにこのときより、私はここモン＝サン＝ミシェルに、サタンとともにある。実際には人々がパリで私と出会うかもしれないが、サタンが年若い神父だったこの私を老いた神父の幽霊に変えて以来、真の私は〈危険の山〉の岩山で暮らしている。パリでは間違いなく生身のままの、生きた存在でありながら、私はそこには不在であるかのようであり、反対に想像された私の幽霊でしかないはずのものこそが、まさにその魂によって修道院の回廊に現前している。

私は今でもアルザス風のザウアークラウトとソーセージを食べ、アンジュー・ワインを飲んでいるが、私はあの貝殻のせいで、もうわかっている、もう知っているのだ、自分が同時に生命の彼岸でも此岸でもあるような次元にいることを。

おお、数世紀分の髭を生やし、数十億年のときを経た偉大なる神よ、汝が星々でビー玉遊びをしているときに、サタンは夢見ることもなくそこにいて、強靭な腿を揺らしながらもっともしなやかなジャズを踊っている。

この書物の第一部では、私は今の私の人生と、サタンがいかにしてそれを映画のシナリオに変えたかを語った。

第二部では私の幽霊である大修道院長の人生を語った。その人生は、私の幽霊の告解を聞いたアヴィニョンの城の教皇の不謹慎な行いによって映画にされてしまった。

第三部で私は怪しげなペテン師たちに操られ、サタンの魔法にかかり、若い聖職者であった自分がそのとき以来、大修道院長という、冒瀆的で性に溺れた、破門された幽霊、自分自身と混ざりあってしまった幽霊に取りつかれていたことを説明してきた。

そして第四部では、自分がいかにして憑依されたかを簡潔に語ろうと思う。

ともあれまずは、耳を貝殻に押しつけて、およそ愚かなほど正直にこういおう。

サタンがモン＝サン＝ミシェルに、そしてモンマルトルに住みついている。大修道院の地下聖堂のさらに下、モン＝サン＝ミシェルの岩山のなかに、彼は自分だけの部屋を作っている。それは誰にも見つかることのない、地下の豪邸だ。サタンは潜水服を着こんでは、まさに悪魔じみた潜水艦となって水中散歩を楽しむのであり、タキシードに着替えてはモンマルトルのキャバレーでダンスを踊る。さらにたくさんのパジャマを持っていて、モン＝サン＝ミシェルでの夜を自分の部屋で過ごしたりもするのだ。

サタンはドイツ製のチターとバンジョーを演奏する。

ホザンナ・サタン！

## 破門されし我が影

青い燐光を放つ目をしたサタンについて、私はすべてをいわねばならない。今私に向けられているその眼差しは、私が大修道院長の正体を明かして以来憎々しげに追いかけてきた、アヴィニョンの教皇の眼差しだ。しかし自転車乗りが赤い小型ランプを揺らすように、しゃれこうべのうえで教皇の三重冠を揺らしているこの幽霊の呪いなど何ほどのものか！　老いた教皇よ、鍋の音を立てるのをやめてくれ！　アヴィニョンの城は、金物屋でもミュージックホールでもないのだから。

無駄に恥ずかしがったりはせずに、私はすでに自分がかつて修道院の院長だったことを告白しておいた。シュルレアリスムの信奉者に特有の傲慢さで、司教服の生地を裁断してパジャマを作ったりもした。たしかにこうしたすべてをあえて口にするのは、私にはずいぶんと勇気のいることだ。文学にたぶらかされた連中の、懐疑的で醒めきった微笑を気にせずにいるのは難しい。いつでも新たな狂人を探している、あらゆる精神医学者の脅しに不安にならずにいるのも難しい。ときには自らの魂に、タキシードを着せるすべを持つべきだ。私がカテドラルでオルガンが鳴り響くなか、教会の乳房を吸った人間であり、日々聖アンブロシウスの讃歌とヨブの宵課を歌っていた人間であることを、どうかお忘れなきように。

文字を読む人間たちを、二足歩行の夢想者の頭上に薄黄色の糞を落としていく渡り鳥がするがごとく無遠慮に扱うのは間違いだ。私はこの文章を、灰のなかでジタバタする猫のように厳粛に書いている。使徒書簡を読み上げる副助祭のような壮麗な気持ちで書いている。里程標を探して街道を走っていく犬のような苦悩を抱いて書いているのだ。里程標は犬にとって、片足を上げて膀胱の負担を軽くするためだけでなく、同時に地理を覚えるためにも必要不可欠のモニュメントなのである。

私は夜に徘徊する人種に属している。それは腹のなかに悲しげな音のギターを抱えこんだ、腸がいつでも絶望したままのチェロの弦でできているような、そんな種族だ。私は月の連禱を唱える。月は、犬が吠えている黒い深淵のうえの白い聖処女だ。私にはなぜ、自分の運命がいつでも蜜蜂の羽音のように、雪で覆われた荒廃した荒野《ステップ》に響くオオカミの遠吠えにつきまとわれているのかわかってはいない。だが犬たちが、オオカミたちが、さらには太鼓や機関車が大騒ぎをして、永遠の単調な沈黙を破ろうとするのに早すぎるということはない。

犬たちは雌犬と、オオカミたちは雌オオカミと寝て、それからつややかな白い子牛革の処女である月に向け、不吉な叫びを上げた。誰もこの処女を凌辱したいと思わないし、祈りを捧げようともしない。宇宙飛行士たちが死の天体だといったからだ。月は臨終の聖体拝領のパンのように白い。私がモン＝サン＝ミシェルで修道士として埋葬されていたとき包まれていた経帷子のように白い。つまりそれは、私が墓から外に出て、大修道院の階段の下でこのモンマルトルのジャズのニグロに出会って以来、私を包みこんでいる恐怖の衣のように白いのだ。

私はかつて修道士のミイラだったが、墓の彼方のクロークに修道服を置き忘れてしまったので、紫のパジャマで墓地をうろつきまわった。その昔の偉大なる交唱聖歌集は今いずこ。穏やかな詩篇と讃歌は今いずこ。馬がギャロップするようなこのジャズのリズムはいったい何か。花々のあいだを心穏やかに歩きまわる散策はもう終わった！　歩みを早めねばならぬ。身震いしながらも走り続け、骸骨たちの禍々しいジャズの招待に応えねばならぬ。私を取り囲むのは悪夢の幻影だ。プチ・パンをほおばってみても無駄なこと、私はもはや自分が現実の生活のなかにいると信じることなどできはしない。

パリのあらゆる駅から地方へ向かう列車に乗って旅行をしてみても、私の幽霊である司教を破門するアヴィニョンの教皇の呪いの声が、いたるところに響きわたっている。だがこの幽霊こそは、誓ってもいいが私自身よりも本当に生きているのだ。サタンに支配されたこの幽霊は、聖人や苦行者や隠者たちが、悪魔祓いをし断食をし祈っているのにもめげず、モン＝サン＝ミシェルの人気ない回廊で冒瀆の言葉を吐いた。もしあなたが夜中の大潮の時間帯に、月明かりの回廊を一人で散策する勇気があるならば、憑依され呪われた司教の声を聞くことができるだろう。それこそは大修道院長の声、カモメを懐かしがりながら、こんな不信心な詩を朗誦する彼の声だ。

**ホザンナ・ヤハウェ**

ヤハウェよ
私は証言しよう
お前が不作法ものであることを
まるで大修道院の新参者に対してするように
お前は若い娘たちが
結婚の幸運が舞いこみでもしない限り
処女でいるよう強いるのだ。

驚異的な偶然によって
優しいカモメのような

お針子たちだけが
この罠を逃れることができた
熟練したパリの娘たちは
袋小路で人が体をこすりあう夕方の溜息で
笛になった杖を操作することで罠を逃れられたのだ。

ヤハウェよ
私はお前の痕跡を探して聖書を読んだ
貪欲な食人種よ
あれはスキャンダラスな年鑑だ。
族長たちは
ヘブライの野生の雄ヤギの睾丸である
他の雄たちをユダヤ人の子供がひしめく住処へと追放するために
ハーレムを所有した。
賢人ソロモンは
シバの女王と褥《しとね》をともにし

ダヴィデはバテシバ[4]に飛びかかり
プサルテリウム〔角型ハープ〕の曲と曲のあいだで
彼女の乳房に歯を立てた。
そのぼろぼろになった魂から
愚痴っぽいミゼレレの竪琴のアクセントが生まれたことを
私は知っている。
悔悟の心の激しい乱れにもかかわらず
その一部が形となって残るのを止めることはできなかった！
アパッチのようなサムソンは
ロバの顎で異教の種族を打ちのめす。
ノアはシャンペンに酔い
モンマルトルのナイトクラブで酒飲みの
最高記録を達成する。
放蕩ものの老人二人はイグサの茂みのうしろに隠れ
貞淑なスザンヌの水浴をのぞき
彼女をはずかしめる！

そしてたるんだゴムのような
ゼラチン状の乳房をした汝ヤハウェよ
お笑い草の洪水や
現在の言語に対する罠であった
バベルの塔というおぞましい冗談の罰として
お前の天使たちを汚すほどに大胆な
ソドムの男色家たちを呑みこむ硫黄の雨を降らせた
かの有名な嵐の罰として
お前こそは乗馬用の鞭で打ち据えられるべきだ。

お前の気取った創世記の
無用な紙の束をめくっていくと
私は血の気が失せ
髪の毛はブラシのように逆立ってしまう
お前は宇宙をその尻から噴き出した

ヤハウェよ
私はホザンナを唱えない
私は香炉を揺らしたりしない！

モーゼやその他
旧約聖書の古いブロンズ像が
声を合わせて
ホザンナを叫ぶ。

農民はお前を思うとき、ヤハウェ・サバオト〔ヤハウェの称号の一つ〕よ
キュロットのなかで腹を下し
激しい下痢に襲われて
猫が鳴くように祈ると
恐る恐る煙草入れを取り出して
お前に一つまみの香を差し出すのだが
するとお前はそのスエズ運河の鼻で

ヤハウェよ、くしゃみをするだろう
そして天空の密雲のなかに臭いをかぐのだ。

食人種ヤハウェよ
だらけた人間たちの思考の雪崩が
深い淵に沿って
黒い湖の岸辺にまで
その精神を転がしていくのをやめるなら
そのときにこそ私は跪いて
お前の雪だるまのようなイメージを
愛でてやろうではないか!!!

とりあえず私はタバコを吸い
参事会員の機嫌は急速に悪化し
私はパイプから
阿片をスパスパと吸って

私が司教として踊った
あの不吉なワルツを忘れてしまう
ゼファー生地のチュチュを着け
紫色の紗のスカートを履き
聖職者のバレエ団で
三重冠を中心にして旋回したのだ
それは修道院でのオペレッタのはかない楕円
お前はそれを嘆賞した
陽気なヤハウェよ
そのしまりのない厚い唇からもれる
偽善的な高位の聖職者特有のアイロニーをこめて。

水族館となったチャペルで
美しさを奪われた淑女たちが
くぐもった音のリードオルガンのまわりに集まり
お前への讃歌を声を震わせて歌う

だが彼女たちの色あせたペチコートは
その腰のところに
チーズ・カバーのように引っかかっていて
石棺の悪臭のような
汚物の臭いをまき散らしている
信心深い女たちは
お前の祭壇の前で
山ほどの汚物を注ぎ
食器の残飯や
腐った果物の皮をぶちまける。

ヤハウェよ
私は自らの香炉を汚しはすまい
そして司教の白衣をきちんとたたんで抽斗にしまっておこう。

………………………………

サープリス〔僧衣の上着〕をサラサラいわせる
薄暗がりの人影
洗濯場の噂に聞き耳を立てる詮索好きの司祭たちが
告解室の
格子のうしろで待ち伏せている
交尾のあとの
哀れな動物である人間の
猥褻な言葉に許しを与えるためだ。
彼らは裁きのための監視小屋に押しこまれ
教区のなかの叙事詩を聞かされて
毛虫のように体をよじるのだ！

ああヤハウェよ
お前は驚かそうとしてブドウの房を
芸術的な姿の葉の下に隠したが

それは私の愚かな先祖たちの子供だましにすぎず
女という性がつる草となって
巧みな手管を使い
そのぶどうの房の汁を
飽くことなく吸い取るようになって以来
なんと多くの汚いハエだ
なんと多くの罪、なんと多くの卑劣な行為や悪徳が横行していることか
おおヤハウェよ、用心深い畑の番人よ
私のビンタを食らって赤面するがよい。

お前は耄碌した神学者たちの安手の衣装だ
神学者たちは上着の下でオナンのバナナ[*5]の皮をむき
ココアをすすっては
世界地図のうえにランプをさまよわせるだけで満足する。
脂肪の涙があふれ出してくる
肥え太ったカンテラはもうたくさんだ！

人間たちは危険な貯水槽のそばでふらつかないように
電球《マツダ・ランプ》を持っている。
そしてこの私
モナ・リザの恋人たる大修道院長は
四旬節の教書のなかから
汝ヤハウェを
抹消し
そして菊の花のような神学者たちの召使いどもは
合流式の下水道だ
プファー！
ヤハウェよ、にゃおー
シェシア帽をかぶらないズアーヴ兵*6よ
もしお前から王冠を奪うのに躊躇するものがいたら
破門されてあるべし！

!!!

これが司教の姿をした私の影が、モン＝サン＝ミシェルの人気ない大修道院で朗誦した不敬虔な詩だ。たしかにこれは、不条理でつまらない冒瀆のごった煮だ。認めよう。だが誓っていうが、私にはそれを書きしるす義務がある。まして私も私の影さえも、この詩に責任を負ってはいない。憑依されたものたちが、自分の下意識で聞き取った悪魔の声を、自らの声にこだまさせているにすぎないことを、誰でも知っているはずだ。私の影の運命は、このさえない司教の幽霊の苦しみに満ちた宿命は、国際連盟の運命よりも、いや太陽系の運命よりも、はるかに興味深いものではなかろうか。自分の人生を生まれた日付で限定しようとする人々に私は反対だ。私はかつて自分がそうであったに違いない不定形の何かにも、今描き出されようとしている同じほど不定形の何かにも、等しく憐れみの気持ちをいだいている。過去の無限は未来の無限と同じほどのめまいを与えてくれる。記憶こそが我々を苦しめる。中世はおそらく決して存在しなかったのであり、おそらく人間は数十億世紀の昔、我々と同じ文明の段階にあったに違いない。だから私が知っているのは現在という瞬間のただ一点、不

安な永遠の一滴だけだ。女の乳首を見つめて正気を失ってしまいたいという、抑えようのない願望が湧いてくる。

＊1　エロディアード（ヘロデヤ）新約聖書に登場する人物でサロメの母。サロメとともにヨハネの斬首を画策する。
＊2　ミサの際、感謝の讃歌のなかでしばしば使われる、神を讃美する表現。
＊3　「リベラ」は「お救いください」の意。ガブリエル・フォーレのレクイエム「リベラ・メ」などを思えばよいだろうか。
＊4　バテシバはダヴィデの妻でソロモンの母。ダヴィデは水浴中のウリヤの妻バテシバに目をとめて、彼女とのあいだに子を設ける。
＊5　オナンは聖書の登場人物。兄の死後その妻と結婚するよう父から命じられるが、子供を設けても自らの相続人とならないことを知っていたので精液を地に流す。これがオナニーの語源とされる。オナンのバナナとは、神学者たちのオナニーを意味する表現だろう。
＊6　一九世紀に、フランスの植民地だったアルジェリアやチュニジアから集めた兵で歩兵部隊が編成された。この兵がズアーヴ兵と呼ばれる。シェシア帽はチュニジアの円筒型縁なし帽。

# 〈第四部〉

# 非常警報器

クリストファー・コロンブスはアメリカ大陸を発見した。

エマウスの巡礼者たち*1は、パンのかけらを見て復活したキリストに気づいた。

オーロラを見るために氷山の真っただなかを探検した人間がいる。

私はといえばサタンに出会ったのであり、今でもサタンがこの目に見えていて、それを無気力な、下等で近視の種族に語ろうとしている。これは文学などとまったく別物だ。詩における紫外線なのであり、ピアノの鍵盤に加えるべき、新たな高音の音程であり、新たな象牙の鍵盤である。

ソーセージを食べているあなた方、聞こえているのか！

夜のなかを列車が走る。レールと車輪のあいだで火花が散る。機関車は息切れし、かまどの口から火を、煙突の先から黒い雲を吐き出す。

機関車は魂を持っている。そしてあなた方は持っていない。機関車は短いインターヴァルでかん高いうめき声をあげ、あなた方は眠りこけている。あなた方のたるんだお腹の立てる哀れなガスの溜息が、かろうじて聞き取れるにすぎない！

呑気な機関士がナイチンゲールの歌を口笛で吹いている。私は非常警報器を鳴らす。惰眠をむさぼるあなた方がそれでも起きないならもう処置なしだ。あなた方の返事ときては、腸の奥から聞こえてくる腹鳴だけというわけなのだから。

私は非常警報器を鳴らす！

私は一人の哀れな男にすぎないが、それでも我が同時代人たちよ、私はあなた方を急き立てる権利があろう。なぜなら結局のところあなた方はたいして遠くから来たわけではないが、私は一三世紀からここへやって来たのだ。モン＝サン＝ミシェルの修道院で修道士だったとき死体となって埋められた、その墓のなかから出てきたのだから。

そして私はパジャマを着て二〇世紀へやって来た。

あなた方はオリエント急行の振動に揺られている、古い武具の一式だ。私は自分の寝台車で飛び起き、非常警報器を鳴らす。

私はあなた方に警告するのだ。サタンはパリにいる！

## 悪魔のごとき我が運命

これまでに語ってきたすべては、私の人生の此岸と彼岸で生じたことだ。物理的、化学的な事物の彼方に、想像もかなわないものごとがある。私の現実の生活などには価値がなく、別のどこかに行きたいという抵抗しがたい欲望のせいで意味を持つにすぎない。私は混乱しながらもサタンとは何であるか感じ取っている。それは巨大な苦悩の影なのだが、うまく表現することはできない。だが別のどこかに行きたい以上、自分がサタンのものであることはわかっているのだ。

「私」と呼べるであろうものの現実的な人格概念を自分がいかにして失ったのか、私は別のところで語ったことがある。私が自分について思い浮かべるイメージは、凍てついた風に墓から追い立てられて出てきた裸の死体のそれである。その死体に二人の死者が施し物をしたのだが、一人が与えたのは自らの司祭服、もう一人が与えたのはペテン師のパジャマだった。

僧服＝パジャマを着た聖職者の幽霊、それが私について人が描いた肖像だ。幽霊なのはパジャマを着た男なのか、反対に僧服を着た男なのか。ダンスホールのペテン師はかつての自分である神父の記憶に取りつかれていたのか、あるいは彼の未来の人格である神父のシルエットに引かれていたのか。これら二つの存在は、相手のところまで到達するのか、互いを知らないままなのか、あるいは互いから逃げようとしているのか。それらが一致することを可能にするような、何がしか精神上の一点が、あるいはどこかそうした場所が存在するのだろうか。僧衣とは、パジャマとは、いったい何のことであるのか。

しかしいくらかの言葉を使って、私の現実の生活を語っておこう。

何年も前のこと、私はトロカデロからほど遠からぬ場所で、パリのイエズス会士たちのもと、僧衣を身にまとった神学生だった。私はいつまでも男とだけ生活することに、いつでも一一月の荒れた野原で飛び立つカラスを思わせる陰気な衣装をまとった人々とだけ生活することに、身をよじるほど苦しんでいた。いつでも私を元気にしてくれる女性が傍らにいないことにもまた苦しんでいた。私は不安に苛まれていた……。そんなとき私はあるオデオンの若い女優と知りあいになり、彼女とともにコーマルタン通りのロマーノというダンスホールを兼ねたレストランに招待された。私はこの日のために、ア・ラ・ベル・ジャルディニエール〔仏のデパート・チェーン〕でタキシードを新調した……。そして私服でロマーノへ足を運んだのだが、これは聖職者の服を着るあらゆる神父にきっぱり禁じられていることだった。そして次の日、私は退学になった……。私はプロンビエール〔ロレーヌ地方ヴォージュ県の町〕の自宅に戻って体を休め、その後しばしば社交界に足を運ぶような暮らしをしていたのだが、そのせいでシーズンもたけなわなころ、司教から僧服の着用を禁じられ、還俗しなくてはならなくなった。

かくして私は二十一歳の年、人生の真っただなかで途方に暮れた。現世での生活という論理的な次元では、自分はもう終わりであることに、私はすぐに気がついた。聖職者の世界の烙印をあまりに強く押されてしまっていたので、私はすでに他の環境に適応することはできなかった。他方、私はオデオンの若い女優との愛の冒険を望んでいたのだが、彼女もまた私のもとを立ち去ってしまった。僧衣はある種の女性たちに対し、病的な魅力を発揮するものであるから、もし私がそれを身に着け続けていたなら、サディズムと倒錯とから、彼女は私の愛人になろうとしたと思う。だが私が凡庸な一市民に戻るやいなや、彼女は私を見捨てたのだ。

私は激しい神経衰弱と鬱状態に陥り、自殺の観念につきまとわれた。これらの出来事のあとの冬を、私は一人、プロンビエールの家のサロンで過ごしたが、そこでは暖炉のそばで夢想を好き放題に展開し、頭にこびりついていた物悲しげな讃歌や詩篇などあらゆる曲をクラヴサンで弾き倒すことができた。

私の心の苦しみには包みこむような隠れ家が与えられ、手厚くもてなしてくれる大きな屋敷の扉が開かれたのであるから、運命は私にとってむしろ好意的だったといえる。厚い壁が私の悲しみに沈んだ魂を、人生によって追いつめられ還俗した若者の姿を見て喜ぼうとするような、ある種の敬虔な人々の無遠慮な好奇心に対して守ってくれた。

冬のプロンビエールは、魂のなかに、ほの暗く官能的なあらゆる種類のファンタスムを掻き立てる危険な町だ。そこではいつでも円天井のしたに入りこんで身を隠し、女性を抱きしめたい気分になる。またこの地方にはかの有名な〈カプチン会士の穴〉〔プロンビエールにある温泉〕があることで、神経症患者の官能的な情熱が、病的に刺激されることもいっておかねばならない。この〈穴〉からは放射線が放出されていて、子供のできない女性を妊娠させることもある。だから夜になると、まだ火の消えていない火山のうえで眠っているプロンビエールの町は、私のような夜行性の人間の心を掻き乱すのである。

孤立した状況のせいで、私はそれまで抑圧してきた非現実的で奇妙なある世界の全体に注意深くなるよう強いられた。私は下意識の神秘的な領域深くを探検するようになり、そのせいで人気のないカジノの前でときを過ごしていたある夜、一つの影につきまとわれたとしても、さほど常軌を逸したこととは感じなかった。それは〈カプチン会士の穴〉の有名な大浴場で泳ごうとしてモン゠サン゠ミシェルからプロンビエールにやって来た、大修道院長の影だった。このとき以来私の壮麗なマイホームは、死後の世界の大修道院長のイメージにつきまとわれるようになった。サタンを喚起するジャズマンのニグロや、思いがけない気晴らしを与えてくれる幾人もの夢魔もまたついてまわった。私は乾いた水の都で、驚異の一冬を過ごした。ついには外部へと投影されたイメージが、私自身とはっきり区別できないような状態、そのイメージ自体も二重化し、さまざまな時代や空間を経めぐっているような、そんな状態に立ち至っていることに気づいたのである。

現実世界から気を逸らし、下意識の地下水の奔流によってすっかり耳を聾された状態で田舎暮らしをしていたころ、私のそれとよく似た精神状態をパリで表明したものたちがいて、そのこだまが私のところまで届いてきた。私がいいたいのは〈シュルレアリスム革命〉のことであるが、それこそは今日まで知られていなかった、精神の全的解放の大胆な試みだ。人間の船は酒や色香を売り物にする商人たちのばかげた酒盛りによっていまだに汚されているが、暴力的な波がその船をつないだ橋を押し流そうとしていた。魂の稲妻の光、心の抑えがたい動き、そして侵入してくる夢想の潮流、それらすべてはあまりに以前から抑圧されてきたので、ある日破れて膿を出すしかなかったのだ。

その年の一二月、『シュルレアリスム革命』誌はこんな文面で自殺についてのアンケートを提示した。

「人は生き、人は死ぬ。それらすべてのなかで、意志の果たしている役割はどの程度か。人は夢を見るように自殺すると思える。自殺は一つの解決であろうか」

それはまったくもって私の関心事と同じ次元のものだった。さらに数週間後、嬉しいことにこの問題についての私の考えが、特に自殺の宿命的な性格について、テスト氏という人物によってはっきり表明されていたことを発見した。自殺へと運命づけられた、しかしあらかじめ予感され、入念に準備されてさえいる、そんな自殺へと運命づけられた人々について語りながら、テスト氏は書いている。

「こうした二重に死すべき運命の人々は、魂の影に、ある夢遊病の殺人者を、容赦のない夢想家を、かたくなな命令の二重執行者を隠しているように見える。彼らはしばしば空虚で神秘的な微笑を浮かべるが、それは彼らの平板な秘密の印であり、(もしこんな風に書くことができるなら)彼らの欠如の現前を表現しているのである。おそらく彼らは自分の人生を、空しく苦しい夢として知覚しているのであり、その夢にますます飽きてしまい、そこから目覚めたいと常により強く誘惑されている。すべては彼らに、非゠存在よりもさらに悲しく、さらに無駄なものに見えているのだ[*2]」

潜在的な発酵作業が進行し、私は少しずつ、自殺こそ本当に唯一の解決だという結論に導かれていった。

夏のはじめ、私はジェラールメール〔ロレーヌ地方ヴォージュ県の町〕に出発した。従妹の一人がルトゥールヌメール湖の近くの山間の家に住んでいた。彼女は一ヶ月のあいだ、私を歓待してくれたのだった。

私は毎晩のように、ジェラールメールのカジノと、湖畔にあるイロンデル・ダンスホールに通った。自分のなかで掻き立てていた自殺の魅力に後押しされるようにして、真夜中ごろになると一人でボートに乗った。夜の不安が私を黒い水のなかへと突き落とし、タピスリーの後ろに隠れた扉を音もなく開いて影のなかへと導くようにして、宿命的に死の扉を開いてくれるよう願っていた。しかし私は寒さを恐れ、自分の硬直しつつ伸び広がった死体が、コイやカワカマスの尾で叩かれるさまを思い描かずにはいられなかった。さらに私の想像力は、死におけると同じほど生においても、ありうるだろう奇妙な冒険の数々を垣間見せていたのであり、したがって実際には自殺の決断をできないでいた。

ある日私は自分の苦しみを、シュルレアリストたちに告白することにした。私は彼らに手紙を書き、それに僧衣を着た自分の写真、夜のジェラールメール湖の写真、そののち隠遁することになっていた、トラピスト修道会の大修道院の写真を添えた。返事が届き、私は夜中の一時ごろその返事をナイトテーブルのうえに、従妹が摘んできてくれた、野生のパンジーや野イチゴの花束と隣りあわせに置いた。翌々日、私はパリの方角へと脱出し、トロワ駅でアンドレ・ブルトンに会った。彼こそは『シュルレアリスム宣言』の著者であり、この書物はその後の私の運命に決定的な影響を与えることになった。シュルレアリストの一人ルイ・アラゴンは、ある晩ニグロ風のダンスを見せる小さなキャバレーに連れていってくれた。私がサタンに出会ったのはそこでだった。ルイ・アラゴンは氷で冷やされているシャンペンの向こうで微笑を浮かべ、私は恐れおののいていた。

そして私は今でも恐れおののいている。サタンがモンマルトルにいるからだ。彼は生身の存在ではない。そして彼は笑みを浮かべる。

サタンはパリにいる。

## ムーラン゠ルージュの前のサタン

ある晩、ムーラン゠ルージュで『ガートルード・ホフマンズ・ガールズ』[*3]がかかっていた。

あまりお金がなかったので、立見席に入ることにした。

ミュージックホールから外に出たとき、とても優雅にタキシードを着こなした一人の背の高いニグロが近づいてきた。彼はずっと前から私を知っているように見え、ダンスホールの一つ、ゼリスについてくるよう誘った。

かくして私はサタンをムーラン＝ルージュの前でそれと認めたのであり、彼に恋するようになったのだった。

サタンは男色家だ。

サタンはモンマルトルにいる。

## 黒ミサ

彼と再会することなく、数ヶ月が過ぎた。私は冬をプロンビエールで過ごした。冬を丸ごとそこで過ごすのは二度目だったが、ふたたび彼と相対したのはそこでだった。すでに説明した同じ家で、私は一人で暮らしていた。この家は夏の水浴客のための豪華ホテルのようなものでもあるが、一五室ほどの部屋があった。私は毎夜、ナイトテーブルのうえの常夜灯を点けるとき、これらの部屋が、どれも愛の抱擁の記憶に浸されているようで、ずいぶんと強い印象を受けたものだ。あるいはそこに泊まった客の苦悩に満ちた神経衰弱の記憶に。

ある夜、何度もの鋭いベルの音で飛び起きた。私は急いでパジャマを着ると下りていった。こんな時間に眠りの妨害をしに来るのが誰かわからずに、廊下の電気をつけるのをひとまずやめた。入口にはガラスがはめこんであり、おかげで薄暗がりのなかで、ボタンを押しにやって来た訪問者を、向こうからは見られることなく見ることができる。

ところが私が手探りで廊下を進んでいたそのとき、扉の菱形模様の嵌めガラスを通して、突然私の方に懐中電灯の光が向けられた。私は自分が青ざめるのがわかった。家のなかに私一人だと知った大胆な誰かが、この機に乗じて強盗に入ろうとするのに鉢あわせしてしまったのではなかろうか。しかし光の向きが変わり、今度は石段のところに立ち止まっている人物の顔をはっきりと照らし出した。そして私はムーラン＝ルージュのニグロの顔を認めたのだ。

サタンはブロンビエールにいる！

驚きと強い喜びに取り乱して、私は扉を開けた。通りにはオチキス〔仏の自動車メーカー〕製の素晴らしい車が停めてあるが、ヘッドライトは消されていた。ニグロはパリのときと同じように、タキシードと夜会用のケープを身にまとっていた。

私たちは無言のままで抱きあった。

リムジンのなかで一人の女が眠っていた。ニグロは彼女を起こすとサロンに招き入れた。シャンデリアが光の波を広げ、たった今私の田舎の屋敷の敷居をまたいで入ってきたこの神秘的な女を照らした。それは私にとって、まったく新しい女性の魔力だった。私の目はこの未知の女の深く黒い神秘の目に恍惚として見入っていた。

私は暖炉に火を入れた。サタンはクラヴサンの横で物思いにふけっている。女はコートを脱ぎ去っていた。彼女に頼まれて私は車からすばらしいヒョウの毛皮の敷物を取ってきて、暖炉の前の絨毯に広げた。人間たちは言葉をむやみに使い、その価値を奪ってしまうものだ。ところがこの女はヒョウの毛皮に身を横たえ、暖炉の熱と炎の反射を受けとめているときに、死にそうなほど美しかった。

サタンはクラヴサンを弾きはじめた。ずいぶん前から調弦《チューニング》が狂っていたはずだが、悪魔の力によって弦はたちどころに張りをまし、それぞれ正しい音を出すようになった。ニグロは密かにグレゴリウスのカンティレーナ〔中世の声楽曲〕を演奏しはじめ、それはサロンを、限りなく優しい憂愁をたたえた音の広がりで包んでいった。

「この女に何か飲むものをやってくれ」と、ニグロは突然クラヴサンから立ち上がっていった。私はワイン蔵にあったアンジュー・ワインを数本とグラスを取ってきた。

「さあ、出かけようか」

私はパジャマのままだったし、肌寒くもあったが、一言の説明も求めずニグロについていくことをとても自然に感じた。私たちは広場を越えた。そのときニグロが司教館の方に悪意ある視線を投げたのに、私は気づいた。司教館では間違いなく、プロンビエールの主任司祭が眠っているだろう。ニグロはポケットから巨大な合鍵を取り出すと、それでありとあらゆるカテドラルの扉を開けられるのだといった。

私たちは教会に入っていった。おそらく聖具室係が至聖所のランプに油をさすのを忘れていたのだろう、灯りは消えていた。サタンがポケットから懐中電灯を取り出して点けると、光は外陣を越え、聖櫃の扉のところで止まった。

「残念だが」とニグロはいった。「オルガンを弾いたら人を起こしてしまいそうだ！　オリジナル・チャールストンの音の突風でこの円天井を揺らしてみたかったがね。慎重かつ謙虚にいくとしようか」

数分ののち、我々は周囲をうかがいながら教会を出た。聖具室の抽斗をあさっていたニグロは持てる限りの典礼用装飾品を抱えていたが、私も聖体器からくすねてきた、聖別されたパンをいくつか、パジャマのポケットに突っこんでいた。さらに腕に抱えた相当に重い黒い箱には、信者たちの礼拝の際にパンを入れて差し出す、聖体顕示台と半月型聖体納器が入っていた。

黄緑色のサロンではあの女が我々を待っていた。不安げで支離滅裂な曲を、一音ずつ鍵盤をたたいて弾いている。我々はこの家に幽閉された状態だ。この厚い壁ならば、陰険で悪魔じみた騒ぎですら外に漏れる心配はあるまい。我々は三人とも、あらゆる狂気、あらゆる神経性の病、あらゆるサディズムを受け入れる準備ができていた。

私は暖炉のうえの時計をどけて聖体顕示台を置き、二本の蠟燭を点けた。蠟燭は二人の白い服を着た修道女が、聖体の円盤を愛をこめて番をしているかのようだ。タキシードを着たニグロのピアニストであるサタンは、今度はバンジョーを手に取ると、聖体顕示台の前で猫のように滑らかなダンスを披露しはじめた。未知の女は代わりにクラヴサンに坐ると、突然小さな音で、詩篇の歌唱を伴奏するためのいくつかの和音を叩いた。ニグロは歌い、彼女も歌った。私は頭を彼女のドレスへと投げ出し、もはや欲望を掻き立てる女の体の熱っぽい匂いに陶然とする、魔法にかかった小さな事物でしかなくなっていた。

寄せては返す長く巧みな抱擁によって、女は徐々に私を磁化されたごとき無気力状態から引き出していった。彼女はとても自然なしぐさで服を脱ぎはじめ、その裸体を覆っていた、汚れない青色をした繊細なクレープ織りの布を取り去った。彼女の体は狩りをするディアナのそれであり、頭部はステンドグラスの聖処女のそれであり、両の目は死の彼方で微笑んでいる二つの小さな金星《ヴィーナス》のようだった。逸楽のなかで桃の果実やユリの花に触れるように、彼女の体に触れてみたい、その乳房を吸い、自分の頰を彼女の頰に押しつけたいという、狂おしい願望を感じた。しかしその直後には、今度は彼女が恐ろしくなった。彼女の目はいまや、黒海と、ドロドロのコールタールのような悪夢を映し出しているかのようだ。だがここで灯りが消える。二つの小さな蠟燭だけがゆらゆら揺れる炎の舌を聖体顕示台の方へと伸ばし、台に乗った聖体のパンは太陽の形をした金銀細工の聖遺物箱に置き忘れられた神秘のミイラであるかのようだ。

ニグロのサタンはふたたび装飾品を身に着けた。白衣、帯状の祭服《ストラ》、そして死者のミサのための黒いビロードの上祭服《カズラ》。彼はヴァチカンの教皇自身が聖なる神秘を祝福するときでさえ間違いなくこれほどではあるまいと思える威厳と壮麗さで、ヒョウの毛皮に横たわった女の性器に、冷たい聖体布を置いた。

そして黒ミサがはじまった。私は誰にもその詳細を語るまい。

エレウシスの秘儀の甘美な逸楽と冒瀆の連禱、そしてルシフェルと十字架の印のもとでの聖別に続いて、瀆聖的な聖体拝領が行われた。それは悪魔じみた淫奔な儀式であり、痙攣し、壮麗で錯乱した恍惚のなかにある女性の性器に口づけが与えられる。それは〈黒い聖処女〉と聖体パンの冒瀆のなかで行われる聖体拝領である。彼女の腿は押し広げられ、その腹は祭壇布となり、私は唇を差し出して、花のような乳房に描かれた生温かい肉体の三角形と女の汗が染みこんだ聖体パンに口づけをした。それから私はパンを呑みこみ、ミルクとサクランボの果汁を混ぜたような何かを飲み干し、エロティックで汎神論的なニルヴァーナのなかに吸いこまれていった。そこでは私の顔の肉が〈黒い聖処女〉の性器の肉と境界をなくしていた。私は呑みこまれ、空になり、無となり、死んだのだった。

ニグロのサタン、司祭のサタンは車に乗ってパリへと戻っていった。

未知の女は凍えたようにコートに身を包み、修道院から逃げ出した一羽の官能的なハトといった風情で、リムジンの奥で身を縮こめていた。

聖具室と聖櫃には、すべてが元通りに納められた。プロンビエールのこの館の屋根のしたで、夜のあいだにサバトが繰り広げられたことを想像させるようなものは、何一つ残っていない。

# 生きたままサタンに埋葬されて

今年、一九二六年になって、聖職者という強迫観念と典礼の歌の響きに苛まれていた私はふたたび僧衣をまとい、サルト県ソレームのベネディクト会修道院で隠遁生活をすることにした。しかし修道院を離れるときは、以前にもまして魂は死んだような、心ここにあらずのありさまだった。私は夏の日々を、モンパルナスのカフェのテラスで、僧衣を着た懐かしい自らの幽霊をうろつかせることで過ごした。

もはや考えまい、忘れようとして、私はある午後、シャンゼリゼ大通りへと足を向け、そこで一流メーカーの自動車が並んでいる豪華な展示場《スタンド》を訪ねてみた。フェミナ劇場の前で不注意からぶつかってしまったとても美しい女性に放心状態で詫びをいっていたそのとき、一台のイスパノ゠スイザ〔スペインで創業した自動車メーカー〕の運転席に、あのムーラン゠ルージュのニグロを見つけて驚愕した。車がスピードを緩めているのに気づき、私は足を速めて、クラリッジ・ホテルの前で車から飛び降りたばかりのサタンに追いついた。彼はホテルでお茶にしようといって私を招待し、小さなテーブルに案内したが、そこには黒ミサの女が坐っていて、骨と竹と螺鈿でできた麻雀牌を使い、神秘的な計算にいそしんでいた。ティーカップ、レモンの輪切り、未知の女の黒い目、そしてニグロのくれた阿片入りの数本のタバコ、それらのせいで私の視線とまわりの事物のあいだには靄のようなものがかかった。
目を覚ますと、私はクラリッジからもパリからも遠い場所にいた。グランヴィル〔ノルマンディー地方の町〕の道を全速力で走りつつ、サタンは私をモン＝サン＝ミシェルに連れ去ろうとしていた。女はもういなかった。

イスパノに乗って狂ったようなスピードで走ったあとに起きたことはあまりにも恐ろしく、言葉で表現することはできそうもない。死と悪魔の臭いにつきまとわれた冒険に対し、私がいつでも持っていた奇妙な嗜好は、運命的に私をこの埋葬にまで導くことになった。いかにして小さなホタルが私をこの昏睡状態から救い出したかは、すでに語った。

モン＝サン＝ミシェルの地下納骨堂よりさらに深い岩のなかに、地下の城を作ってサタンは住みついている。そこで彼は、湖や海で死んだあらゆる水死人、自殺者、苦悩から狂人になってしまったものたち、砂に呑まれたものたち、モンマルトルのあちらこちらのナイトクラブで客引きに引きこまれた外国人たちと、夜になったら会おうと約束をする。夜な夜な海底の動植物を見てまわる潜水夫でもある堕天使のニグロは、驚異的な水上飛行機を用いることで、空中も非常に高速で移動することをつけ加えておくべきだろう。それはまるで大きなアルミニウム製のカモメといったようすで、セーヌ川の水上だろうと海の波のうえだろうと、滑らかに飛んでいくのだ。

毎夜サタンはその住まいのなかで、若い修道女を一人凌辱させた。そこでは修道院から逃げ出し男色家となったかつての修道士たちが、象牙でできた死者の頭でビリヤードに興じている。ニグロの飛行機は思いのままに離水し着水することができるが、そのおかげできわめて多様な秘密の遠出が可能だ。サタンは新鮮な、神のために聖別された肉を好む。毎夜のこと終禱のあと、修道院の処女たちが個室に戻り、神の加護のもとに眠りにつこうとするころ、サタンは苦しみと不安にかられて夜のファンタスムに身を任せようと準備している娘たちを待ちかまえる。サタンは彼女たちをさらうと水上飛行機に乗せ、地獄の住処へと連れ去るのだが、その後彼女たちは瀆聖の修道士たちの手で、想像しうるあらゆる洗練と逸楽とを駆使して犯されるのだ。土曜日になると、この場面は騎士の間で繰り広げられる。暖炉の火が赤々と焚かれ、東洋の絨毯が裸の敷石のうえに敷かれると、バンジョーにあわせて踊り、神経を高ぶらせた参加者たちは、蛇使いの若いヒンズー教徒たちが奏でる笛の音に、愛するように抱かれてくずおれていく。こうしたサバトの翌日は、サタンは朝早く水上飛行機に凌辱された処女たちを乗せ、朝課の時間までには彼女らをそれぞれの修道院に返すのである。これら肉体的な接触によって汚され、純潔を失ったキジバトの歌が、彼女たちの貞淑で犯されざる姉妹たちの歌と混ざりあう。そして恥辱に絶望した修道女たちの震える舌のうえに、白い小さな聖体のパンが、朝課の無邪気な純真さのままに置かれるのである。

私がここで暮らすようになって以来、あまりに多くの不吉なことが起きたので、それを語れば、驚異的で現実離れしたことを探し求める人々のどこまでも熱い好奇心さえ十二分に満たせるであろう。だが私はすべてを語ることはできない。

モン＝サン＝ミシェルからいくらか離れた場所に、有名なトンブレーヌ〔モン＝サン＝ミシェルから三キロほどに位置する島〕の岩場がそびえている。まさにそこが悪魔の黒い劇場へ入っていくための地下への入口になっている。劇場は岩のなか、大修道院の真下に掘られているのだ。まさにこの地獄のような地下の部屋で私は、パリで生活している私の人格ではない私自身は、サタンによって生きたまま埋葬されたのである。

僧衣を着た私のマネキンが、癲癇を患った幽霊のように、私の魂の聖遺物を収めた地下墓所で死のチャールストンを踊りはじめたあの埋葬の儀式を語ること、それは私の能力を越えている。私はひびの入ったクラヴサンであり、記憶には多くの穴が空いている。人間よ、友人よ、死すべき誰かよ、この文章を出版してくれるのが誰であろうと、大修道院長が埋葬される場面を表現した、間違いなくサタンの霊感から生まれた版画を、ここに収録してくれるようお願いしたい。★

★　A・アレクセイエフによるこの版画は、『大修道院長』に収録された〔編者註〕。〔初版につけられた註。ジャンジャンバックによるものであろうか。『大修道院長』収録の版画の数葉は、本書一五七ページに掲載〕

## アヴィニョンのカテドラルのヴァレンシア

そして今、私はどこにいるのだろう。

私の体はモンパルナスにある。だが私はずっと遠く、アヴィニョンにいるのだ。

白い僧衣を着たこの城のすべての教皇が目をさまし、行列をなしてアヴィニョンのカテドラルへと向かっている。教皇の三重冠が月明かりに光り輝いている。正面の入口が開かれると、ニグロはオルガンの席に坐っていて、ヴァレンシア〔ミスタンゲットの代表曲の一つ〕を弾きはじめる。

鐘楼の影に隠れた女が一人、気の違ったような笑いにとらわれる。私はそれがミスタンゲット[*4]だとわかる。

教皇たちはおのおのアコーデオンを渡されると、至聖所に向けて進み出ながらヴァレンシアを歌った。教皇庁主席枢機卿が、彼らのマントに一輪ずつオレンジの花を挿した。

そして今、私は誰か。

一つの小さな黒い木靴がモン＝サン＝ミシェルの潮の満ち干のなかで、流れに任せて揺られている。

一人の小さな黒い神父が、ローマーノの夜以来サタンの魔法にかかったままだ。あの夜若い聖職者だった私がダンスホールを兼ねたレストランに赴き、オデオンの女優の隣に坐ったそのとき以来。

あなた方には教皇たちが、アヴィニョンのカテドラルでヴァレンシアを歌う声が聞こえるだろうか。

# ラ・ロトンドの未知の女

それはカフェ、ラ・ロトンドで起きた。モンパルナス大通りの野獣たちがそこでは崇高にも腐敗した至聖所に集まっている。それは死んだヒョウとハイエナの魂が落ちあう場所だ。

彼女はここにいる。傍らに青いカクテルを置いて。

彼女は私に近づく。その目は真のひらめきであり、その視線は彼女自身の彼方から来ているのだが、彼女はそのことを知らない。彼女は私に、もう時間がない、自分はこれから飛行機に乗るのだから、と告げる。それから不安になって、「私の運命について、何かあなたにわかることはある?」と聞いた。

私は彼女にアレゴリーを用いて答えた。

「森のなかでは、老いとはいつでも束ねることの難しいものです。春になると鳥たちはさえずり、それでも老人たちは耄碌しています。私にお茶《テ》を、君にお茶を。そして枕カバー《テ》には死んだ小さなナイチンゲールが置かれたのです。

いや、お静か《テ》に。

それは霊柩車なしの赤いセニョールです。彼のためには殉教した処女たちのための真紅のミサが唱えられるでしょう。

さてこのナイチンゲールといえば、屋根屋根のうえで、森の地面で、声を限りに叫ぶがごときオーボエのソロを歌っていたのです。

シルクのハンカチはこの鳥の経帷子であり、サンザシの花たちが弔鐘を鳴らし、マンドリンたちは木の葉のうえに脂肪の涙をにじませるのです。

彼に平和を、私に平和を。

いや、お静かに。

カッコウのノクターンは恐怖を振りまき、ソプラノのモミの木のてっぺんは、ピアニッシモですすり泣きの声を漏らしています。

私にお茶を、君にお茶を。そして枕カバーには死んだ小さなナイチンゲールが置かれたのです。

そしてそれは私なのです」

彼女は野原のなかの孤立した木々のように考えこむ。その目は濡れていた。彼女は立ち上がり際に、旅行カバンから自分の小さな写真を取り出して渡してくれた。「さようなら、モン・シェリ」彼女は三度誓いの言葉を唱えつつ私にキスをした。

「カラスのような司祭の黒。タキシードの黒。僧衣の黒！」

私は一人残されてグラタン載せオニオン・スープを注文し、ラ・ロトンドの未知の女について思いを巡らせた。この女は死んだ小さなナイチンゲールの、過去の存在の思い出だ。あの視線のなかで輝いているのは、地球に到達するためにまだ幾百万の世紀を要するだろう星の光の反射にすぎない。

この女の物語は武勲詩でもドラマでも森のなかの恋愛詩でもない。リスたちは憂愁にかられると、夜の宴を、クルミの実の宴を催したものだ。彼らは栗を食べるのに飽きた放浪者によって、森の片隅で犯された若い娘のガーターを見つけた。リスたちはその鋭い歯で、ゴム製の紐の部分を剝ぎ取ると、それをさまざまな大きさのマッチ箱に張り渡した。ジプシー音楽の一団が即席で作られた。弦をつま弾くリスたちののこぎりの歯は、ギターのような音を出していた。宴の終わりになって、スター歌手が呼び出された。ギターの伴奏でナイチンゲールの披露した歌があまりに見事だったので、木々は涙を流しはじめた。

剣のヴィジョンに心を奪われた一羽のカラスが、木々の葉でできたオジーヴのしたで、不吉な妬み深い様子で聞いていた。ナイチンゲールが賞讃を受け、スズランとワスレナグサの花束を渡されて勝ち誇ったあとに巣へと戻っていったとき、カラスは卑劣にもそのあとをつけていき、ナイチンゲールを殺して喉を奪い取ってしまった。カラスは鳥の声帯を奪ったのだ。カラスはそれを使ってチェロのような音の竪琴を作り、その竪琴がラ・ロトンドの未知の女の声になったのである。

そしてラ・ロトンドの未知の女は私に別れの言葉をいったところだ。彼女はシゴーニュという名のバーにいる映画監督のところに行ったのだ。しかしたとえ離れていても、私はいつでも彼女の存在を、青いカクテルを飲みながら、司祭の幽霊である自分の傍らに感じている。

彼、サタンは闇のなかにいて、カササギのシャツを身にまとい、女はカナリアのコートをまとっているだろう。

おお我が魂よ
小さな機関車よ
小さな動く塊よ
白髪のメッシュ
パイプから吐き出される煙のイメージ
それはパリの野蛮なボートに乗った
カナリアの軽やかな羽だ。

## パリのサタン

ラ・ロトンドの未知の女はカナリアのコートをまとい、優しく私の手を取って、深夜に私をムーラン゠ルージュへと連れていく。

そこにはいつでもあのニグロがいる。

彼はサタンだ。

それはしかしジョゼフィン・ベイカーの友人のミュージシャンにすぎない。一介のピアニスト、バンジョー奏者、チャールストンの踊り手にすぎない。しかしそれでも彼はサタンなのだ！

プロクル・レケダント・ソムニア
エト・ノクチウム・ファンタスマタ
（夢が我々から遠ざからんことを

そして夜のファンタスムもまた）

サタンはパリにいる。

## 黒い僧衣とシルクの下着

そのバーでは
黒い僧衣を着た小さな木の男と
青いカクテルを飲む小さなシルクの女が
夜になると
席を並べ
そしてその後ろにはサタンの姿。

神学校には飽き飽きし
睡蓮は姦通の香り
象牙の娘たちは毒蛇の歩み
若い修道士たちの美しい指が
乳房をくすぐる
ナイチンゲールの生温かい巣をくすぐる
我々は映画館の暗闇にいる。

そのバーでは
大きな影のようなニグロがバンジョーを奏で
小鹿かユリの花のように白い、キモノを着た白い女が
夢想にふける
そのまつ毛のカーテンは優しく降ろされた。
彼女は眼を閉じていて
屋敷に住むカラスの司祭は
女にヘッドライトのような視線を向け

禍々しいユーモアをたたえた
死者の歯をこすりあわせる。

サタンはパリにいる
そしてサープリス〔僧衣の上着〕を着た司祭たちは
腐敗した死骸の上で「リベラ」を呟き
修道院のトゥルバドゥール〔中世南フランスの恋愛詩人〕たちはチターを奏で
助任司祭たちはモンマルトルの娘たちと愛を営み
そして教皇ボルジアは
王女ブランシュ・ド・カスティーユの前でジゴロになる。
悪魔はバーで眠り
そのバーでは
黒い僧衣を着た小さな木の男と
青いカクテルを飲む小さなシルクの女が
夜になると
席を並べ

そしてその後ろにはサタンの姿。

終

＊1　イエスが復活したことを知らず、悲しみに沈みながらエルサレム近郊エマウスに向かっていた二人の弟子は、道中に出会って夕食をともにした男がイエスであることにはじめは気づかないが、男がパンを取り分けて弟子たちに与えたことでそれを悟る（ルカ福音書）。

＊2　テスト氏はポール・ヴァレリー（1871-1945）の作り出した登場人物だが、これは小説からの引用ではなく、本文でも言及されている「自殺についてのアンケート」に対するテスト氏、すなわちヴァレリーの回答として掲載された文章の一節。『シュルレアリスム革命』第二号（一九二五年一月）、一四ページ。

＊3　アメリカのヴォードヴィル・ダンサーであったガートルード・ホフマン（1885-1966）が率いたレヴュー。

＊4　ミスタンゲット（1873-1956）「レヴューの女王」と呼ばれたフランスの歌手、女優。一九二六～二八年は、アメリカから戻ったミスタンゲットがムーラン・ルージュでレヴューを上演していた時期にあたる。「ヴァレンシア」はこの時期の代表曲。

訳者解説　**私のいない自伝**

## 破戒僧闖入

ことの起こりは『シュルレアリスム革命』宛てに送られてきた、一通の怪しげな書簡だった。アンドレ・ブルトンらシュルレアリストたちも半信半疑だったに違いない。少なくともしたためられていた内容は、シュルレアリストたちを素直に感動させるようなものではなかった。自分を追い出したイエズス会士たちに恨みがましい言葉を吐きながら、「キリストの優しい姿に引きつけられ続けて」いると告白する文面に、ブルトンが共感を覚えたはずはない。にもかかわらず女優とのスキャンダルで還俗を強要され、自殺を決意したと語る元神学生の奇妙な手紙が『シュルレアリスム革命』第五号（一九二五年一〇月）の巻頭を飾ってしまうとすれば、それはブルトンとその友人たちが、決して感動はしなかったとしても動揺させられたからである。

どう評価し、どう判断したらよいかわからない奇妙な対象を、シュルレアリストたちはただ提示する。彼らが蚤の市で発見した不可解なオブジェにこだわるのも、不気味な三面記事を収集してしまうのも、それが素晴らしいからではなく、素晴らしいかどうかいうことはできないにもかかわらず、自らの思考を拘束してしまう、有無をいわさぬ力を発散しているからだ。事実雑誌の誌面でこの手紙は、僧服姿のジャンジャンバックと事件の核心にあったらしい女優の写真、自殺の舞台であったかもしれないジェラールメール湖の風景を伴って、まるで何らかのスキャンダルを暴露する三面記事でもあるかのように差し出されていた。美しくも正しくもないが目を離すことのできない何か、シュルレアリスムはそれにこだわる。ここで語られている自殺についてブルトンが、その表現の「曖昧さにつけこ」んで「思わず信じないではいられなかったと白状[*1]」するとき、文面を冷静に読めばそう決めつけるには無理があるという判断と、それでも無理のある決めつけに走ってしまう自らの思考のあいだの齟齬に、彼は意識的だったに違いない。

それにしても本当のところ、シュルレアリストたちと元神学生とのあいだではいったい何

# UNE LETTRE

Gérardmer, ce 10 juillet 1925

MESSIEURS,

Ces jours-ci, un jeune homme a tenté de se suicider, en se jetant dans le lac de Gérardmer. Ce jeune homme était, il y a un an, l'abbé Gengenbach, et se trouvait chez les Jésuites, à l'Externat du Trocadéro, 12, rue Franklin... A cause de cela on a essayé d'étouffer le scandale à Gérardmer, mais je sais que le désir de ce jeune homme était au contraire qu'on fît du bruit autour de ce suicide. Ce jeune homme c'est moi. Quand vous recevrez cette lettre, j'aurai disparu, mais si mes renseignements ne vous suffisent pas, je vous autorise à vous adresser à ma cousine, M[lle] J. Viry, institutrice à Retournemer, près Gérardmer.

Il y a un an exactement, j'étais abbé chez les Jésuites à Paris et étais appelé à une belle situation dans le monde ecclésiastique. Il m'arriva une ébauche d'aventure amoureuse avec une jeune actrice de l'Odéon, à la suite d'une soirée que j'avais passée en civil, au théâtre de l'Athénée. On jouait *Romance* avec M. Soria. La pièce, représentant l'idylle d'un jeune pasteur protestant et d'une cantatrice italienne, m'avait beaucoup ému. Les Jésuites furent au courant. Quelque temps après, j'allai dîner, avec mon actrice, au Romano, grand restaurant dancing de la rue Caumartin. Le lendemain, les Jésuites me renvoyèrent, me laissant seul sur le pavé de Paris. Je vins à Plombières, dans ma famille, et menai une vie assez mondaine. En pleine saison, mon évêque m'interdit de porter la soutane... et je dus défroquer.

LE LAC DE GÉRARDMER LA NUIT

Je me trouvai ainsi tout désorienté à vingt et un ans, au milieu de l'existence... Je me rendis compte très vite que j'étais perdu. J'ai trop subi l'empreinte sacerdotale pour pouvoir être heureux dans le monde. D'autre part, ma jeune amie, qui aurait aimé devenir ma maitresse si j'avais continué à porter la soutane (laquelle exerce sur certaines femmes un attrait morbide), m'abandonna dès que je ne fus plus qu'un banal civil...

Je tombai dans la neurasthénie aiguë



et devins nihiliste, ayant complètement perdu la
aché à la douce figure du Christ si pure, et si
: qui, prêtres, moines,
rce que j'étais obsédé
e doit pas penser à la
sépulchres blanchis,
i le Christ revenait !
dans un salon..., fai-
st à ce moment que
et de votre Enquête
m'ancrer davantage
le désespoir le plus
goisse exprimant le
e vie, d'un au delà,
'ici-bas, être *libres !*
r en me jetant dans
... auprès de la villa Katten-

dick... J'y ai renoncé... Mais, je vous permets et vous demande de faire connaître cet événement, que l'on voudrait tenir sous silence, parce que j'ai été ecclésiastique... C'est justement parce que j'ai été ecclésiastique que je veux que l'on sache ce que les gens d'Eglise ont fait de moi : un désespéré, un révolté et un nihiliste...

Je vous prie d'agréer, Messieurs, mes salutations distinguées.

E. GENGENBACH.

*P. S.* — Ci-joint ma photographie en abbé et en civil, celle de l'actrice, et une photo de la Grande-Trappe où j'étais allé faire une retraite.

---

## TEXTES SURRÉALISTES

**Pierre Brasseur** :

Dans son château vit seule une femme noble jalouse des joies du peuple. Un jour elle voit passer le cortège du roi, elle a ri et depuis — il y a cent ans de cela — elle rit. Elle va mourir, je crois, dans vingt ans, elle a donc encore vingt ans à rire.

Le roi avait vu passer le peuple et jaloux de ses joies, il a pris un grand glaive d'une main et il est allé tuer son peuple, habitant par habitant, — il y a cent ans de cela — il en a tué un par an, ils étaient cent vingt, il a donc encore vingt ans à tuer.

Quand il m'a dit cela, moi, son meilleur ami, je l'en ai dissuadé, il m'a regardé et dans ses deux yeux j'ai compris que le sel des larmes faisait l'œuvre du picon sur le marbre de ses carapaces, et dieu sait de quelles carapaces il est enveloppé, on voit les larmes quand même, mais comme des gouttes d'huile sur des glaces.

Je ne suis pas fou, et je ne dirai plus cela, non, crois-moi, il ne faut pas tuer, il ne faut pas en rire non plus, il ne faut jamais mériter des titres que l'on ne nous accroche pas à notre naissance, et tout rouge il me cria : « On me les a peut-être accrochés puisqu'il est comblé le vide, aujourd'hui. »

Le long et grand propos qui touche juste à l'instant où l'on prononce des mots doubles avec des sens triples et des couleurs quadruples, avec un seul œil on en voit plus que la moitié. Comme des choses, il a fermé un œil mais tournant l'autre il a presque tout vu sauf un petit coin, un tout petit coin, avec de petits mots dont il essayait de former des guirlandes de baraques qui feraient croire ses yeux moins menteurs et susceptibles d'aimer encore quelque chose — mon ciel — il a un ciel à lui, il n'y plante rien car la fumée de tout ce qui l'entoure l'empêche de voir distinctement les terrains, de juger de la qualité — il va bâtir — si les briques tombent

ジャンジャンバックがシュルレアリスム・グループに宛てた最初の手紙
（『シュルレアリスム革命』第5号、1925年10月）

が起きていたのだろうか。ブルトンがジャンジャンバックの手紙を受け取ったあと本人に連絡を取り、シャンパーニュ地方の町トロワまで出かけて知り合いになったこと、あくまで僧服を脱ごうとしないジャンジャンバックの態度がブルトンを苛立たせるものだったらしいことが、『パリのサタン』と題されたこの奇妙な書物へのブルトンの序文[*2]からはうかがわれる。またのちに扱うジャンジャンバックの「自伝」、『悪魔的体験』[*3]（一九四九）の記述を信じるならば、彼はこの会見ののちブルトンに同行してただちにパリへ向かい、シュルレアリスム運動に参加したことになる。ブルトンの序文の書きぶりからしても、この元神学生がある期間、グループの会合場所であるブランシュ広場のカフェに顔を出していたことは間違いないだろう。だが最初の手紙が華々しく機関誌の巻頭を飾ったあと、彼が運動の歴史に残すことのできた痕跡は、実をいえば微々たるものにすぎない。

『シュルレアリスム革命』誌上にジャンジャンバックの名はこののち二度ほど登場するが、それは両方とも彼がブルトンに宛てた書簡であり（本書巻末に資料として収録）、つまりこのときすでにジャンジャンバックはグループのメンバーとともにはいない。第八号掲載の二通は一九二六年七月のものだが、そこからは彼がすでにそれ以前にグループから離れ、しかしキリスト教とシュルレアリスムのどちらも捨てられず、だがまた決定的に選び取ることもできないままに、ソレームのベネディクト会修道院で隠棲を経験していたことがわかる。続く手紙は第一一号（一九二八年三月）に掲載されており、兵役拒否の末に収容されたらしい精神病院のなかから、そこでの体験を物語るものだが、軍医との噛み合わない会話を再現する体裁になっている。この会話がどこまで現実のものか判断するのは不可能だが、興味深いのはこれらのテクストが、あくまで作品ではなく手紙そのものとして提示されているという事実であろう。第八号の場合には、その手紙を「あなたの雑誌の次号に掲載していただけないでしょうか[*4]」という懇願が末尾に書きつけられており、第一一号の手紙の最後では、「このテクストをL・アラゴンに見せて、文体や句読点の使い方のおかしなところを添削[*5]」してほしいといった記述が見える。それはグループのメンバーが自らの名において公表したテクストである以上に、ある奇妙な人物の思考を提示する一つの「資料」なのである。

たしかに第八号の手紙と第一一号のそれのあいだには、ジャンジャンバックがこれ以後あらゆる文章のなかで立ち返ることになる、一九二七年四月三日、アディアール・ホールにおける講演会が挟まれている。彼が自らの体験と想像のないまぜになった物語を、映写つきで物語ったらしいこの「講演会」で、ブルトンは導入役を務めたのであり、その演説は同年発表されたこの『パリのサタン』にも序文として収録される。だが友人の書物や展覧会のカタログに寄せた序文をエッセー集にまとめる習慣のあったブルトンが、この講演の紹介文を自らの書物に再録することは決してなかった。つまりこういうことだ。この怪しげな元神学生が運動のなかに闖入した瞬間の痕跡は明確であり、離れていったあとで送りつけてきたメッセージも残っているのだが、メンバーたちとともにあったことの記録が、実質的には何もないのである。

いや、しかしこれは少しいい過ぎかもしれない。ジャンジャンバックが署名したグループの声明文の類がまったくないわけではないし、[*6] ブルトンの手元に残されていた「性に関する探究」——メンバーたちが自らの性体験や性についての考えを、問われれば間髪空けずに答えねばならないという、一種の実験ないし遊戯——の記録からは、彼が一九二八年二月一五日のセッションに参加しているばかりかそのときはほぼ主役の位置を占め、煙に巻くような受け答えでブルトンを苛立たせていた様子がうかがえる。[*7] だが不思議なことに、ジャンジャンバックはこうした参加の経験について何も語らない。あとでやや詳しく見るように、彼はこののちさまざまな形でシュルレアリスムとの関係を語り続けていくが、第二次世界大戦後の「自伝」、『悪魔的体験』でも、ブルトンに出会うとすぐにその磁場にとらわれてしまったと告げたあとは、[*8] 比較的仲のよかったらしいアラゴンなどについて断片的な記憶を語りはするものの、グループの会合にどのような印象を持ったかを積極的に語ることはないし、持ち前の自己顕示欲からすれば「性に関する探究」での体験を、性をめぐるルシフェル的秘儀伝授の場のように粉飾して語るくらいのことはお手のものであろうと想像させるにもかかわらず、まったく言及はしていない。具体的な思い出に関する記述はいたって淡白なものにすぎないのである。

逆にジャンジャンバックがシュルレアリスムを語るとき持ち出してくるのは、運動について外部から語った批評家たちの言葉である。もう一冊の主著『ユダ、あるいはシュルレアリスムの吸血鬼』（一九四八）の序文でも、援用されるのはまずモーリス・ナドーの『シュルレアリスムの歴史』であり、『現代《レ・タン・モデルヌ》』誌の記事である。*9 まるでジャンジャンバックは、シュルレアリスムについて内側から書くことは決してしないと決めているかのようだ。もちろんもっと単純に、ジャンジャンバックとグループのつきあいは、結局その程度の表面的かつ逸話的なものだったのだろうと考えて済ませることもできるし、おそらくそれは正しいとさえいえる。にもかかわらずこの淡白さはやはり些末な偶然ともいい切れない。おそらく彼には、グループの内部に入りこむ必要などなかったのではないか。オートマティスムをどう捉えるかといった問題を、彼は決して理論的に思考しようとはしない。シュルレアリスムとはルシフェル主義でありサタンの教えだとしておけば十分なのであって、それ以上問う必要などなかったのである。

何十年かのち、シュルレアリスムという語はあらゆる奇妙なものを意味する空虚な記号として世界中で用いられるようになるわけだが、ジャンジャンバックはこの語をそのように用いた最初の一人だったかもしれない。彼にとってシュルレアリスムは理解し実践すべきものではなく、利用すべきものだった。必要なのは、キリスト教とは反対の方向に彼を赴かせようとする力に名前を与えることであり、その二つの力のあいだで引き裂かれているあり方を保証されることだけだったのだろう。そして自己演出に利用できそうな一定量の逸話的断片を手に入れたあと、ジャンジャンバックは決してそれを手放すことはなく、物語を解体しては組み立て直し、果てしなく自らの神話を再生産していくことになる。だが先を急ぐのはよそう。

シュルレアリスム期の出来事で、ジャンジャンバックにそうした神話の材料を与えた最大のものは、いうまでもなくアディアール・ホールでの講演である。『ユダ』などは後半全体がいわば入れ子状に、このときの講演内容として提示されているし、考えようによればこの『パリのサタン』全体がその講演記録だといえないこともない。空想と現実が入り混じった——そうであることが読者には一読してわかる——彼のテクストをたどっていくと、そもそもこれは本当に存在した講演会なのかと疑う読者すらいそうだが、それを見越したかのようにジャンジャンバックは何度もブルトンの序文を引用し、ときには講演会の様子をリポートした批評記事を抜き出すことで（『悪魔的体験』のケースである）[*10]、それが自分の想像力のでっち上げではなかったことを強調する。もちろん『ユダ』では数十ページにわたって展開されるこの物語が講演の日に、そのまま語られたと思う読者はいない。だがブルトンの序文や批評記事のレポートはジャンジャンバックにとって、自らの空想がいかに飛躍しようと「現実」と完全には切り離されないことの保証となるのである。

『悪魔的体験』に引用されているその批評記事は『秘密結社国際雑誌』という雑誌からのもので、批判的かつ皮肉っぽい調子の報告だが、ジャンジャンバックにとって重要なのは、他者が自らについて証言しているという事実そのものなのだろう。それを見ると、ジャンジャンバックがサタンに捧げる崇拝と、突拍子がないとともにしばしば卑猥な物語に反発して退場していく人々に対し、「サタン主義者のシュルレアリストたち」から罵声が浴びせられたといった記述があって、グループのメンバーが会場で自分を応援していたかのように書き綴るジャンジャンバックのいい分が、たしかにまったくのでっち上げではなかったらしいと思わせる。もちろんこのときの出来事が、シュルレアリストたちによる二〇年代の重要な示威行動の一つと見なされることはないし、ブルトンがそこに特別な意味を見出していたとも考えにくいが、ともかくそこには恣意的な空想以上の何かがあったと、ジャンジャンバックは私たちに訴えかけるのである。

ところでアディアール・ホールでの講演に先立って、ジャンジャンバックは処女作となる一冊の詩集を刊行していた。どういう経緯で知り合ったかは定かでないが、ピンホールを用いた技法などによって初期アニメーションの歴史に名前を残すロシア出身のアーティスト、アレクサンドル・アレクセイエフがイラストレーターを務めている。ブルトンも講演の序言でその詩集『大修道院長』[*11]（一九二七）に、とりあえずは肯定的に言及していた。その詩風がどのような詩人のそれに近いかといった文学史的な議論に立ち入るつもりはないが、その後のジャンジャンバックの著作を知っている私たちの目を引くのは、彼がこれからあらゆる形で変奏していく物語の主要な登場人物や道具立てが、ほとんどすべて、すでに出揃っているという点である。

「序文」で物語の概要が示されているが、昔日のモン＝サン＝ミシェルの修道院長、若く死んだ神学生の復活と彼の冒険、トロカデロの神学校に通っていた彼が女優とのあいだで起こした事件、ブルトンおよびシュルレアリスムとの出会い、そうしたすべてがはっきり語られていた。本文に入るとさらに、『パリのサタン』に挿入される場面のいくつかは確実にここで胚胎されていたことがわかってくる。大修道院長と神学生のみならず、サタン＝ニグロ、ペテン師、修道僧を誘惑するアメリカ女性なども姿を見せており、棺桶からの復活の場面やモン＝サン＝ミシェルとトンブレーヌをつなぐ地下道の幻想など、のちに取り上げ直される要素も多い。つまりはじめから材料は揃っていたのであり、あとはそれを組み替え直していくだけだ。だがその神話素は不思議なことに、語り直されるたびに現実的な足場を固められ

ジャン・ジャンバック
『大修道院長』（1927 年）に収録された アレクサンドル・アレクセイエフによるイラストから

ていき、いわば次第に神話より自伝に近づいていくのである。

それにしても『パリのサタン』を受け取ったとき、ブルトンはどういう感想を持ったのだろう。あるいはそもそも、彼はこの書物を読んだのだろうか。たしかに自分をアヴィニョンの「対立教皇」になぞらえる序文の口ぶりからすると、ジャンジャンバックの差し出したゲームの規則を受け入れているようには見える。ジャンジャンバックが自らに「ジャン・ジャンバック」という仮の名を与えたことも追認しているのであってみれば、そこにはのちにブルトンがダリとのあいだで一時的には受け入れるであろう共犯関係――相手の幻想に認可を与えるような態度――が見られることは間違いない。[*12] ブルトンは少なくとも一時的に、相手の神話の登場人物になることを承認するのである。

『パリのサタン』の物語は複雑だ。思いつきにまかせて書き散らしたために錯綜したままになっているという印象さえ与える。四部構成の第三部の最後の方で、それまでの三部で書いてきたこと、第四部でやろうとしていることを整理しているが、そうでもしないことには書き手自身が筋を見失ってしまうのかもしれない。基本的に全体は一人称の語り手、「私」の身に起きた物語だが、冒頭ではむしろ傍観者の位置にいた「私」はやがてストーリーの中心となっていく。

第一部で「私」がモン＝サン＝ミシェルの回廊でゴミ箱から見つけたシナリオが語ってい

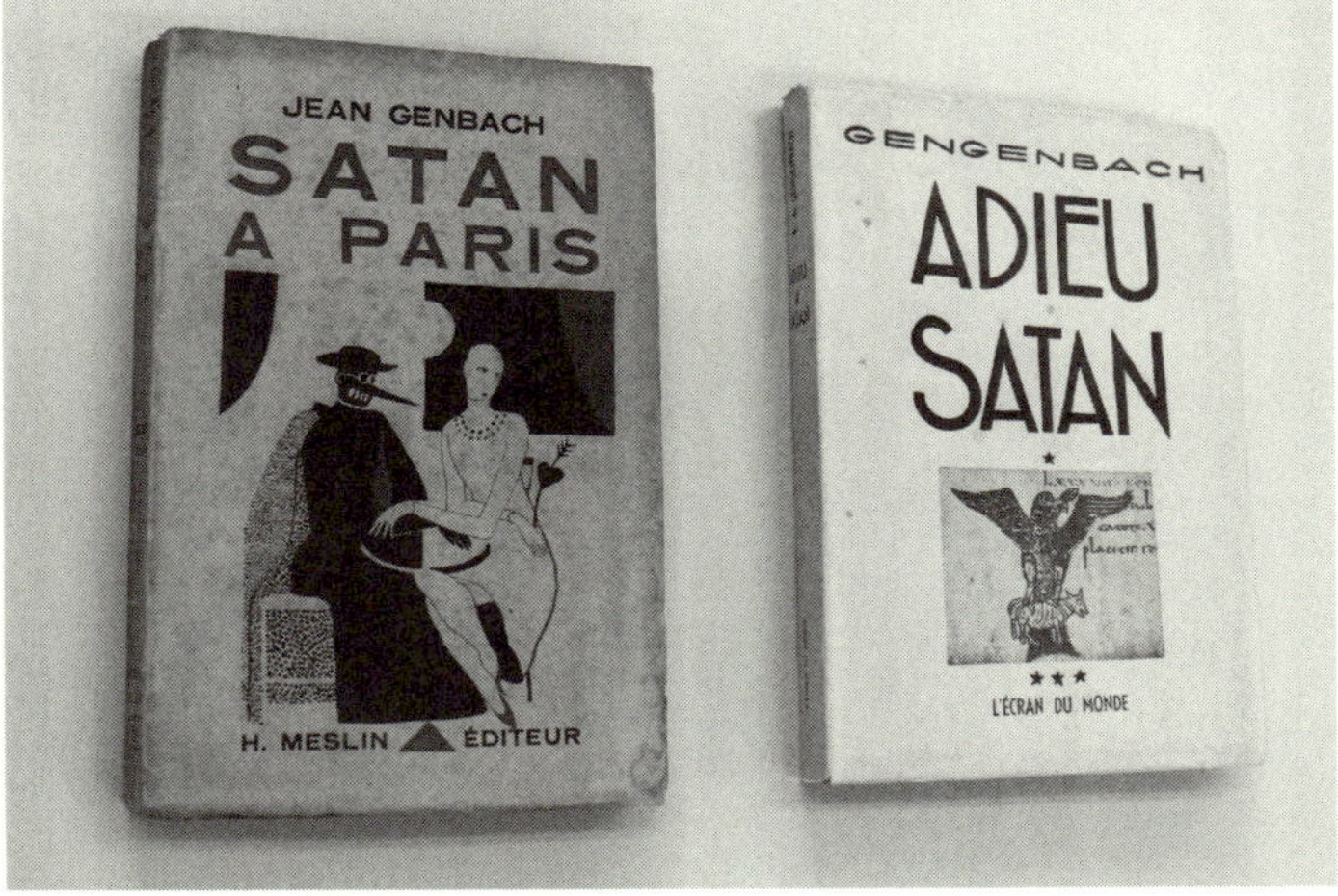


左、『パリのサタン』1927年、右『サタンにさよなら』1952年

るのはあくまで「ジャン神父」の物語だった。第二部で「私」がモン＝サン＝ミシェルの大修道院長の秘められた瀆聖の体験を知るのは、後者の告解を聞いたアヴィニョンの教皇が秘密を漏らしてしまうからだが、ここでもまだそれはとりあえず「私」にとって、他人の物語と理解されている。ところが棺桶のなかからの蘇りが語られ、第一部から登場していたニグロがサタンその人であると明言される第三部にいたると、ジャン神父とは結局「私」のことだったのであり、さらに「私」は中世のモン＝サン＝ミシェルを徘徊していた大修道院長の生まれ変わりであることがわかる。

さらに不可思議なのは第四部であって、このあたりで「現実の」自分の人生を語っておこうと切り出した「私」は、たしかにトロカデロの神学校での体験や女優とのあいだで起きた出来事とそのために学校から追放された次第、絶望して自殺を考えるがシュルレアリスムと出会ってブルトンとコンタクトを取ったことなどを語りはするのだが、その物語は結局いつのまにか第三部のそれと合流してしまい、棺桶からの蘇りの前後が詳しく説明し直されていただけだったことがわかるのである。要するに、「私」、「ジャン神父」、「大修道院長」はすべて同一人物なのであり、さらには文章の書き手としてのジャンジャンバックがこの時期選び取っていた名前が「ジャン・ジャンバック」なのであってみれば、つまり「私」とは端的に、この本の著者ですらあるかのようだ。誘惑、瀆聖、蘇り、饗宴、そして黒ミサ。すべては誰の身に起こってもかまわない。それらは結局同じ一つの人格に到来した体験なのだと、ジャンジャンバックはいっているかのようだ。

だがこの想像と現実の境界を何度も乗り越えていく奇妙な物語をブルトンがどう思ったにしても、少なくとも彼の側から見る限り、この書物の刊行以降、ジャンジャンバックとシュルレアリスムの接点はほとんど失われてしまったように思える。ブルトンの蔵書データを見てみると、[*13]第二次世界大戦後にいたってもジャンジャンバックはそれなりに念の入った献辞をつけて著書をブルトンに送り続けていたことがわかるし、著作のなかではシュルレアリスムを論じ続けているのだが、三〇年代以降ブルトンがジャンジャンバックに言及する必要を感じたことがあったとは考えにくい（『対話篇』のなかで、いかにも通りすがりにといった様子で一度だけ名前を挙げてはいる[*14]にしても）。

だがこの片思いと形容せざるをえない両者の関係は、グループ離脱者とブルトンとの典型的な関係でもまたなかった。ジャンジャンバックはブルトンと対立して攻撃しあうわけではないし（ブルトン誹謗文書『死骸』の著者たちのように）、運動からはじき出されたと感じているわけでもなければ（最初期のフィリップ・スーポーにはじまって、運動との離別を受け入れるのに時間を要したメンバーの例は多いだろう）、運動の外にあってなお自分だけが真にブルトンを理解していると信じているのですらない（アラン・ジュフロワやサラーヌ・アレクサンドリアンのような、第二次世界大戦後に運動と関わったメンバーの幾人かにはしばしばこの傾向がうかがえる)。ではいったい何が起こっていたのだろうか。視点を裏返し、ジャンジャンバックの側から見てみることにしよう。

## ルシフェルの使者との邂逅

エルネスト・ジョゼフ・ジュール・マリー・ジャンジャンバックは一九〇三年一一月三日、エピナルに近いロレーヌ地方ヴォージュ県の小村、グリュエー゠レ゠シュランスに生まれた。ファースト・ネームとファミリー・ネームのあいだの「ド」は、高貴な雰囲気を出すためか、のちに(おそらく一九四〇年代に)彼が自ら加えたものである。父親は軍人だったが第一次世界大戦で戦死しており、ジャンジャンバックは戦争遺児で、三〇年代以降徐々に表面化していく愛国心を、彼自身がこのことと結びつけている。家族は早くから彼が聖職者となることを望んでいたらしく、一貫して宗教教育を受けており、一九一九年からは早くもパリに出て神学を学ぶこととなった。すでに述べた通り彼の著作のほとんどは多かれ少なかれ自伝的な性格を持っており、虚実ないまぜになった記憶が語られているが、いずれにしてもその回想は、私服での劇場通いが露見してサン゠ルイ゠ド゠ゴンザグ校から追放された一九二五年以前に遡ることはない。たいていの自伝が従う約束事とは反対に、彼が活字になったテクストのなかで自己形成の過程を語ることはなかったのである。

だが今ではこれ以前のジャンジャンバックについてわかっていることもないではない。直接的には二〇〇八年に出版されたマリア・エマヌエラ・ラッフィによるモノグラフィー[*15]が一定の情報源になるが、少年期・青年期を記述するためにラッフィが頼っているのは晩年の作家がある若者に宛てた長文の手紙ないしは手記である。死の二年前、一九七七年にジャンジャンバックは、自分を主題とした修士論文を準備しているというイタリアの学生の求めに応じ、「一九二四年までの私の人生」と題した小文を送ったらしい。文章全体が公表されているわけではないが、宗教教育を従順に受け入れる学生だったこと、しかし十代に入ったころから教会に通う女性たちを見て性に目覚めたこと、教会でのオルガン演奏に感動してのちのちまで続く音楽への嗜好が生まれたことなどが語られているようだ。加えていうなら、『悪魔的体験』の最初の方でもごくわずかながら青年時代の記憶が語られていて、オペラの『ファウスト』に感動した経験が悪魔との契約についての妄想を刺激したことや、少年時代に連れていかれたモン゠サン゠ミシェルの印象などが扱われていた。[*16]そうはいってもこうした文章を前にしたとき思わず期待してしまう、ジャンジャンバックの矛盾に満ちた人格の秘密のようなものが明かされるといったことはなかったし、おそらく今後もそうした発見があるとは考えにくい。だが作家自身の語らなかった時期についての歴史的事実を知ること以上に重要なのは、彼の側がブルトンおよびシュルレアリスムとの邂逅を、想像世界のなかでどのように位置づけていたかである。

この点がもっとも詳しく書かれているのもやはり『悪魔的体験』であろう。女優とのスキャンダルで神学校を追放されヴォージュ県プロンビエール゠レ゠バンに戻るが、些細なことからサン゠ディエ゠デ゠ヴォージュの司教に僧服を脱ぐよう命じられてカトリックへの決定的な不信感を抱いたジャンジャンバックは、徐々にシュルレアリスムへのコンタクトを視野に入れるようになる。だが自殺をも考えていた彼に対し、オリベト会修道院から救いの手が差し伸べられる。それにすがれば再び宗教者としての道が開けたのかもしれなかった。しかしそのとき「突然稲妻が走るように、急かすような断固たる声が」彼の頭に響き、「アンドレ・ブルトンに手紙を書け」と命令する。「もしブルトンが返事をくれるなら、彼と行くのが私の運命であり、そうでないならオリベト会士たちのもとに行こう」[*17]と考えたのだと彼はいう。つまりジャンジャンバックがこだわるのは、ブルトンとの出会いは自らの意志によるという以上に、何らか未知の力に背中を押されてのことであり、自分はただひたすら翻弄されていたのだという点である。シュルレアリスムにとってははなはだ人騒がせな闖入者であったジャンジャンバック本人はしかし、あくまでブルトンから発散される悪魔的な力を蒙る存在として自らを描き出す。

私はジェラールメールを離れ従妹に別れを告げたが、彼女はずいぶんと心配そうだった。私は気まぐれから、ブルトンと会うために再び僧服に袖を通すことにした。トロワへと向かう列車のなかで、私は激しい動揺を感じていた。私は予感していたのである、これから出会うことになるのは生身の人間ではなく、ある種の原型的存在であり、魔術師であり、ルシフェルの使者であることを。*18

ここにはすでに、今後人生のあらゆる局面において、常にジャンジャンバックが適用することになる原則がうかがえる。すなわち常に対立する二つの力のあいだで引き裂かれていなければならないこと、もし仮にそのどちらかを——結局はいつでも暫定的に——選ばざるをえないとしても、それが主体的な選択であってはならないこと、この二つである。しかもこの『悪魔的体験』という奇妙な「自伝」は、実はジャンジャンバックが一人称で語ったものではなく、架空の友人であるオリベト会修道士コロンバン・ド・ジュミエージュによる記録という体裁になっている（このテクストの特殊な様態についてはあとで主題的に取り上げる）。序文で明確に、それはもう一人の自分だと明言されているのだが、つまりブルトンとの出会いがなければそうなっていたはずのオリベト会修道士によって、この回想は綴られているわけだ。想像世界でも現実世界でも、ジャンジャンバックはシュルレアリスムとキリスト教のどちらも最終的には選び取ることがない。二つの力によって引き裂かれるままに両者のあいだでの往復を繰り返す、いわば選択しない人生をこそ彼は選択するのである。

だが運命に導かれて加わったはずのシュルレアリスムに関する記述は思いのほか具体性に乏しいものであることも、すでに確認した通りだ。僧服を着たまま文学者たちの集うカフェで女性を連れ歩く挑発的な身振りについて、この時期のジャンジャンバックが内心どのように感じていたか知りたいといった私たちの好奇心が満たされることは、決してないだろう。おそらく事実としても、ジャンジャンバックがグループの会合に寄り添っていた時期は非常に短かったらしく、回想はすぐにソレームの僧院での隠遁や、『シュルレアリスム革命』第一一号で報告される精神病院での体験に移行していってしまう。もちろんアディアール・ホールでの講演会は扱われるが、具体的な説明はむしろ、『秘密結社国際雑誌』の報告記事のかなり長い引用にゆだねられている。これはいつでもジャンジャンバックのテクストに見出される一般的な特徴なのだが、彼はいわゆる内心の描写にページを割かないし（内心で思っていたことと現実の出来事の境界が曖昧なことは多いとしても）、とりわけシュルレアリスム・グループ内の出来事を語るに際してはそうだ。わずかに運動の政治化に抵抗を感じたという文章が読めるにすぎない。[*19] 不思議なことに、この「自伝」でジャンジャンバックの筆がシュルレアリスムに行数を割くのはむしろ、グループとの直接的な接触を失ってからの出来事に対してであり、とりわけルネ・クルヴェルやロベール・デスノス、アントナン・アルトーの死についてである。だが時系列に沿って見ていこう。

まずいささか脇道に逸れて、ジャンジャンバックが偽名で書いた（とされる）数冊の書物に触れておきたい。ジュアン・シルヴィウスという著者による三冊の書物がそれであり、その

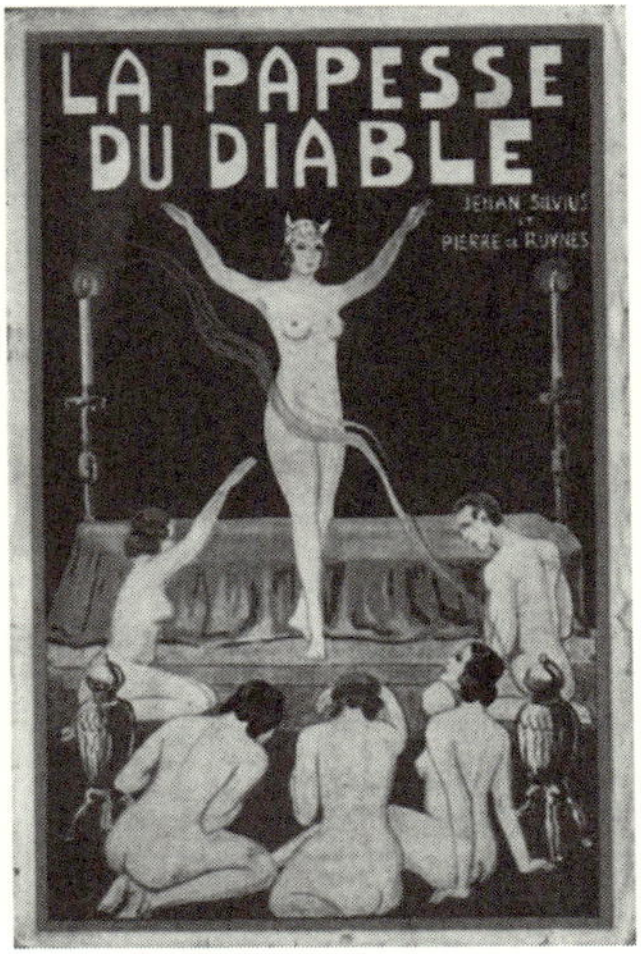

ジュアン・シルヴィウス、ピエール・ド・リュイーヌ『悪魔の女教皇』（1931 年）表紙

うち一冊は、ピエール・ド・リュイーヌなる人物との共著としてクレジットされている。二冊は一九二九年に刊行されていて、『いかにして愛を強いるか——そこに到達するための確実な方法！』[*20]という、いわば恋愛を成就させるための魔術の指南書と、『黒ミサ——サタン主義者とルシフェル主義者』[*21]と題された見聞録である。一九三一年に刊行された小説『悪魔の女教皇』[*22]の共著者はロベール・デスノスだという説が以前から流布しているが、おそらくほとんど根拠がない。しかし読者の多くがジャンジャンバックの関与をほぼ間違いないと感じてきたのはある程度自然なことだった。『黒ミサ』には直接彼の著作（『大修道院長』と『パリのサタン』）への言及があるし、[*23]そこで重要な役回りを果たす女性魔術師として、ジャンジャンバックのテクストで今後きわめて大きな役割を果たしていく女優フロリを思わせるような、フロリ・ソフィアが登場するからだ。だが『悪魔の女教皇』におけるジャンジャンバックとシュルレアリスムへの言及は、さらに思いがけないものである。

『女教皇』は、謎めいた非＝ヨーロッパ勢力がヨーロッパを征服してしまったある時代（おそらく二〇世紀後半か）のストーリーである。権力の頂点に立つ「女教皇」が根強く残るキリスト教を駆逐しようとするのだが、今や地下に潜って抵抗勢力となったキリスト教の頂点に立つ若き教皇と女教皇は、互いを奸計に陥れようとしながらも、最終的にはなぜか恋愛関係にまでいたる。ところが意外なハッピーエンドになるのかと思いきや、突然宇宙から隕石が降り注ぎはじめると、あっさり地球は滅んでしまうのである。最後には地球を脱出するための宇宙船のようなものさえ登場し、小説は一気に安手のSFに移行するのだが、最終的に勝利するのはあらゆる神がそこから生じたという「黒い大天使」[*24]たる悪魔の笑いなのであり、対立する二つの力のあいだで揺れ動くことを至上命題とするジャンジャンバックの想像世界にとって、その対立が解消されることは必然的にカタストロフへ導くということなのかもしれない。

さてある場面で女教皇は、自分の本棚から『大修道院長』と題された美しい装丁の書物を手に取った侍女のナディアに言葉をかける。

おおナディア、私はその本の著者、詩人のジャン・ジャンバックと知り合いだったのよ。彼は北京の大司教だったの。もうずいぶん年寄りだったのだけれど、中国人たちは彼を斬首の刑に処すと、切り落とした頭を槍の先に突き刺して、私の宮殿の前を行進させたというわけ[*25]……

さらに地球が滅びると悟るや女教皇は書架から一冊の本を取り出してその一節（「死ぬ前に汝がなすべきことは何もない」）を読み上げるのだが、その書物とは「シュルレアリスムと名づけられた奇妙な流派の、かつてはよく知られていたリーダー、アンドレ・ブルトンの著作『処女懐胎』であった[*26]。この小説の出版は一九三一年だが、『処女懐胎』はその前年、一九三〇年の一一月に刊行されており、『女教皇』の著者はブルトンの新作に十分気を配っていたことになるだろう。

この三冊がたしかにジャンジャンバックの著作だとして、三〇年代に入るといったん彼の足取りは途絶えてしまう。一九三八年になると『シュルレアリスムとキリスト教[*27]』というごく薄いパンフレットが自費出版されるが、そこで彼は一九三五年にサン゠ヴァンドリーユの修道院に入ったときこの隠遁の理由を説明するために書いた文章を援用しつつ、シュルレアリスムを批評する。キリスト教的観点からシュルレアリスムの美点と欠点を整理しようとするのだが、ここでは批判的なニュアンスが勝っている。魔術や性愛の神秘化に頼ることへの批判は、ジャンジャンバック自身がそれを援用してきた以上、教会の側に身を寄せようとしているときの発言としては予想しやすいものであるとして、政治的な選択が糾弾の重要な理由であることは注目しておいてよい。スペイン内戦において、シュルレアリスムが反キリスト教的なアナーキズムを支持していることが非難されるのだが、こののちジャンジャンバックがキリスト教擁護の観点から明確なフランコ支持にまわっていくことを考えても、彼の社会的な態度はこの時点で、シュルレアリスム・グループのそれと真っ向から対立するものになっていた。

だが三〇年前後とこのパンフレット発表のあいだの時期については何か情報がぼやけていて、イメージを持ちにくい。『悪魔的体験』の自伝的記述を当てにしてみても、やはりこの部分は非常に手薄で、三〇年代から第二次世界大戦期まではまるで早送りをされているかのようだ。

一つだけ明言されているのは、三五年の隠遁の直接的なきっかけがルネ・クルヴェルの自殺だったという点である。[*28] 修道院に入らなければ自分もクルヴェルの後を追うことになるのではないかという不安感がつのったうえでの判断だというのだが、ジャンジャンバックがクルヴェルと親しかったと思わせる情報は何もなく、どこまで信じてよいか、戸惑う読者が大半ではなかろうか。

『悪魔的体験』では、話はこのあたりから一気に第二次世界大戦後に飛んでしまう。詳細に追う余裕はないが、デスノスやアルトーの死からショックを受け、特にアルトーの死は自分を再び強くキリスト教に引きつけたといった記述や、やや意外なことにボーヴォワールやサルトルに、経済的な面で多少とも援助してもらったなどの逸話が語られている。だが少なくともシュルレアリスム関係者についての記述はほとんどすべて、新聞や雑誌の記事を見ればわかる程度の情報といわざるをえない（デスノスの埋葬やアルトーとの出会いに関する記述すべてが嘘だといいたいわけではない）。

たしかに戦争が終わってアメリカから戻ったブルトンとジャンジャンバックは再会したらしいし、ときにシュルレアリスムがかつてのラディカルな性格を失ってしまったことを批判しながらも、新しい著作を出版すれば献辞を入れて送ってもいたようだ。やがて、『ユダ』と『悪魔的体験』の再版を別にすれば、まとまった著作としては最後のものになった一九五二年の『サタンにさよなら』[*29]のなかでジャンジャンバックはブルトンへの公開書簡を発表し、『秘法一七』を高く評価しつつ、運動の進むべき道を（おせっかいにも）指示しようとするだろう。シュルレアリスム的な驚異をキリスト教的驚異にまで高め、それと和解させようといった意図がブルトンの意に沿うものとなりうるはずはなかったが、ブルトンの側は実質的に無反応だったと思えるにもかかわらず、彼は飽きることもなくシュルレアリスムに言及し続けていった。それほどにも彼は、（シュルレアリスムそのものというよりも）シュルレアリスムについて語ることを必要としていたようだ。それは一体なぜなのか。

客観的偶然もオブジェも新しい神話も興味の対象ではなく、運動の政治選択に賛同することからもほど遠く、ブルトンとその友人たちから積極的なリアクションをうる見通しがあるとはとても思えない。それでもジャンジャンバックはシュルレアリスムを語るのを決してやめなかった。しかもそれでいて、かつて運動に関わったことがあるという事実だけが自らの

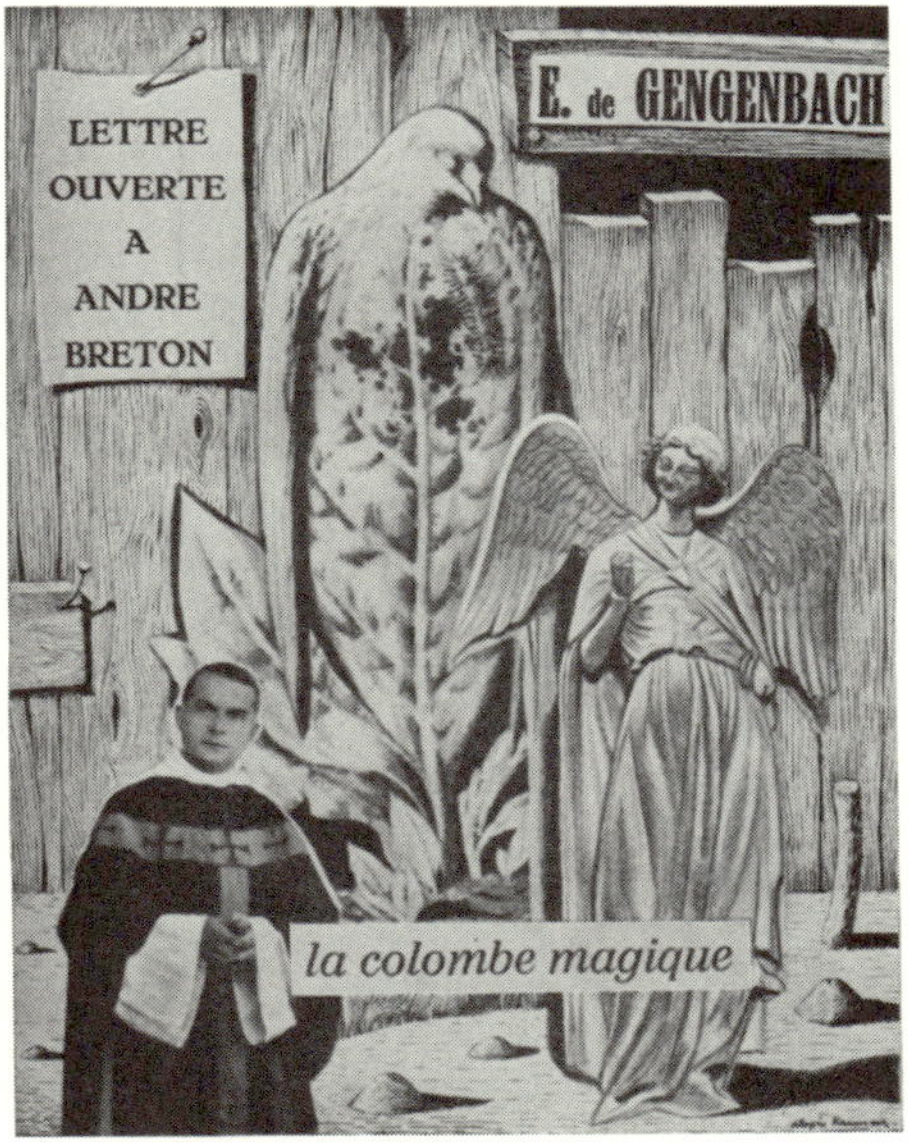


ジャンジャンバック『サタンにさよなら』(1952年) 収録のコラージュ
(「アンドレ・ブルトンへの公開書簡」)

アイデンティティを支えているかのように回顧談を語るある種の元シュルレアリストの憐れさのようなものを感じさせるわけでもない。あえていえば、やはり自らの都合に合わせてシュルレアリスムというレッテルを好き勝手に扱い、自らの宣伝に利用し尽くしたといっていいサルバドール・ダリの身振りがいくらか思い起こされる。ジャンジャンバック自身がダリを意識していた痕跡はあちらこちらに見つかるが、ときにダリの戦略を高く評価しつつ、ダリばかりが世界的な成功を収めてしまうことに対し、強い嫉妬を覚えていた様子さえ垣間見えるのである。黒ミサを性の解放へと結びつけたような「金のミサ」のアイディアについては、ダリが自分の計画を盗用したのではないかとさえ疑っていたようだ。[*30] あるいはジャンジャンバックとは、社会的に成功できなかったダリなのかもしれない。

だがそのことが本人の望んでいたような成功にはつながらなかったとしても――おそらく彼は、自分の書いた「シュルレリスムのシナリオ」である『修道士と人魚』を映画化することで、世間に認められる夢を生涯持ち続けていただろう――、ジャンジャンバックもまたキリスト教とシュルレアリスム(=サタン主義)のあいだに自らを位置づけ、そのあいだの振幅を自分の人生そのものと定義することで、少なくとも彼自身にとってはこの記号を有効に機能させていたのではなかろうか。このことはまた、非常に不思議な形で自らの人生を語る独自のディスクールの発明とも結びついていた。ここから先では、『パリのサタン』、『ユダ』、

『悪魔的体験』という主著三冊を、シュルレアリスム的エクリチュールに一つの新しいモードをつけ加えたと評価しうるテクスト群として論じてみたいと思う。

だがその前に、シュルレアリスムと離れすぎないように、ここでは詳しく見ることを避ける五〇年代後半以降のジャンジャンバックについて、多少の情報をつけ加えておきたい。ジャンジャンバックは一九七九年一二月、ユール＝エ＝ロワール県ノジャン＝ル＝ロワで生涯を終えるが、それに先立つ四半世紀のあいだ、主著二冊の再版を別にすると、ほとんど何も出版できなかった。だが残された膨大と呼べるであろう草稿資料――タイプ原稿になっているものは多いし、ゲラの状態にまでなっていたものもあるのだが――は現在、ジャンジャンバックとも縁のあるサン＝ディエ＝デ＝ヴォージュのメディアテック・ヴィクトル＝ユゴーに所蔵されている。アルザスやロレーヌ地方出身のシュルレアリストたちに関わる資料を集めようとした、この図書館のかつての館長、アルベール・ロンサンによる仕事の成果の一部である。

もっとも大部かつ重要と思われる草稿は三つあり、それぞれ『修道士と人魚』、『金のミサ』、『マリア探究』と題されている。これらを見ると、ジャンジャンバックが最後まで諦めることなしに、誘惑される修道士や、黒ミサを昇華した「金のミサ」といった同じテーマを何度でも反復し、何らかの形にしようと努力し続けていたことがわかる。アレイスター・クロウリーやマリア・デ・ナグロウスカといった著名なオカルティストに影響されたそれらの思想内容には立ち入らないことにして、どれにも共通しているのは、研究ないし論考としての性格と小説ないし物語としての性格を兼ね備えた複合的なあり方である。しばしば重要な役回りを果たすカバルデス公爵をはじめ複数のテクストに現れる人物も多く、相互に連関した草稿群であることも明らかだ。また『修道士と人魚』の一人称の人物は基本的にジャンジャンバック自身と考えられるが、『マリア探究』などに現れるオリヴィエ・ド・シュランスにしても、彼の分身と見なして間違いないだろう。若いころに変名で出版した（らしい）『黒ミサ』のような書物でもすでにそうだったが、たとえ自らの信ずる教義を語ることを基本的な目的とする書物であっても、理論的記述に終始するのではなく、何らかのストーリーが要求されている。ジャンジャンバックにはおよそ教義というものを、具体的な誰かに到来した姿以外では想像することのできないような性向があったのかもしれない。

また『修道士と人魚』などの大部の草稿は（シナリオはこれを簡略化したものなのだろう）、きわめて多くのコラージュで飾られている。それは主として雑誌や新聞のイラストを使ったもので、水着姿の女性の体や顔にさらにエロティックな細工を施すような作業だが、技術の高さや洗練された様式を求めようもないこれら無数のイメージを、しかし誰に頼まれるでもなく作り続けていたジャンジャンバックを想像すると、やはり気の遠くなるようなものがある。

ジャンジャンバック『修道士と人魚』（未刊草稿）収録のコラージュ。メディアテック・ヴィクトル＝ユゴー所蔵

彼にはアウトサイダー・アーティストのような側面もあったといっていいだろう。そこには映画スターや広告イメージをめぐる定型的な——定型的であることをまったく恐れないせいで巧まざるユーモアに達してしまうような——想像力と、無数の男女の写真の顔に舞踏会用のビロードの仮面を執拗に、しかも不器用に描き続ける不気味な執念とが同居している。

悪魔的な女性に翻弄される人生を生きてきた（と自ら語り続ける）ジャンジャンバックは、エリアーヌ・ブロックという信仰心のある女性と一九五三年に結婚した。それ以後彼は、一方で「金のミサ」のエロティックな夢を見ながらも、現実にはかなり慎ましい生活を送ったようだ。ただし三〇年代すでにカトリック擁護の立場からフランコ支持にまで傾いていた彼の政治的な態度は、第二次世界大戦後さらに保守傾向を強めていったようで、カトリック世界の一体性を願う気持ちから、アルジェリア独立に強い反対の立場を表明することも考えていたらしい。当然そうした意味ではシュルレアリスムと立場を共有するのはいっそう難しくなっていったはずだが、たしかに晩年が近づくにしたがってシュルレアリスムという語を書きつける頻度は落ちていくものの、なおブルトンの運動は彼にとって、自らを語るとき必ず立ち戻って来る必要不可欠の神話素であり、消し去れない幽霊のようなイメージだったと考えられる。

「金のミサ」の夢は、たしかに神への愛とエロティックな愛を和解させることの夢ではあっ

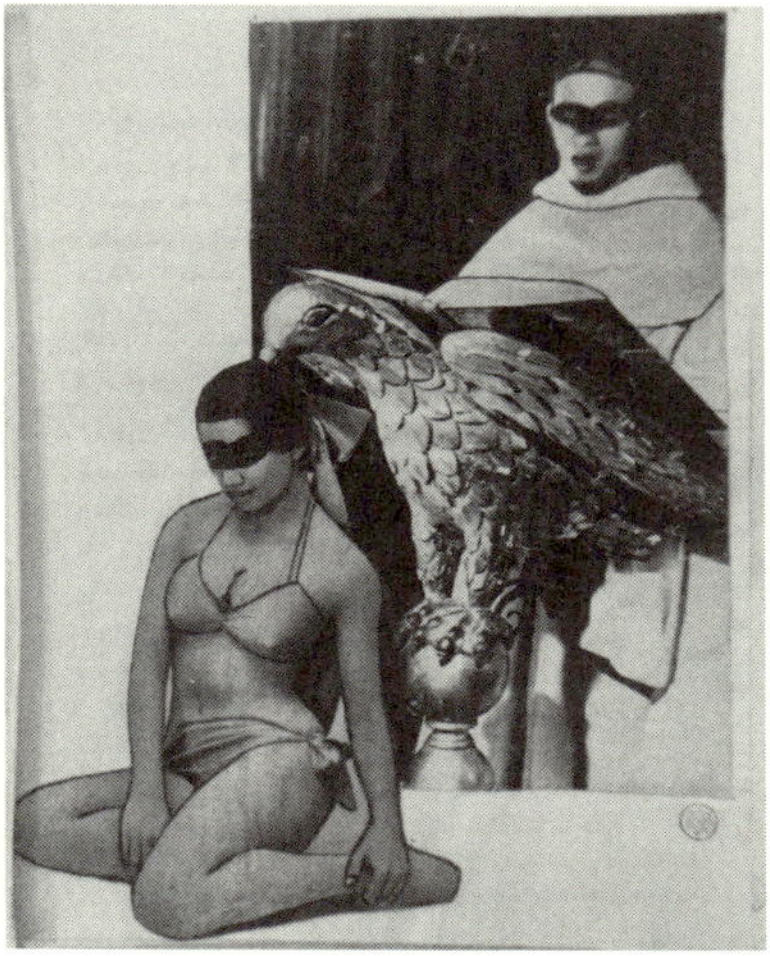

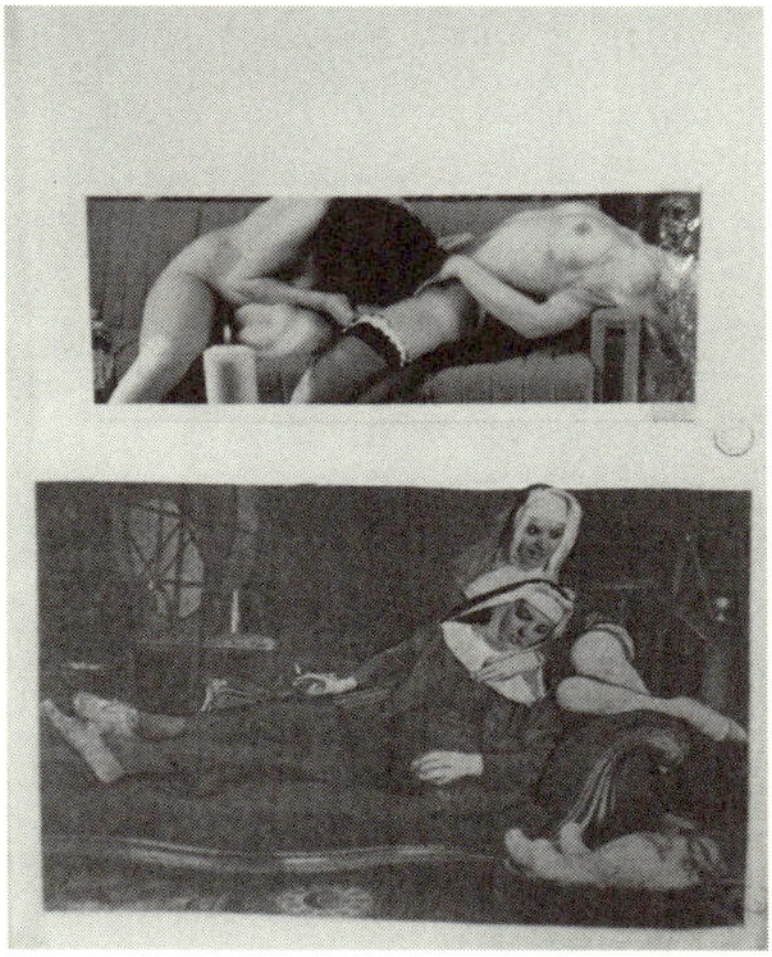

ジャンジャンバック『金のミサ』（未刊草稿）収録のコラージュ。
メディアテック・ヴィクトル＝ユゴー所蔵

たろうが、望んだような形ではそれを実現できなかったに違いないという事実を別にしても、そもそもジャンジャンバックの思考パターンそのものが、対立する力に翻弄され続けることの魅惑から逃れえたとはとても思えないというのが、晩年の異様な草稿資料を目にした誰しもが抱く感想であるに違いない。

## 小説風の幻想《ファンタスム》＝伝記《ビオグラフィ》

『パリのサタン』に立ち返ろう。ジャン神父の物語をシナリオないし映画の形で目撃する「証人」だった私が、実はジャン神父その人であり、そのジャン神父はアヴィニョンの教皇が告解を聞いたモン＝サン＝ミシェルの「大修道院長」の生まれ変わりである。——複数の物語が重ね合わされるそうしたあり方をジャン・ドゥコティニーは、ジャンジャンバックの後期主著二冊をめぐる重要な論文のなかで、「発話行為《エノンシアシオン》」と「発話《エノンセ》（内容）」の関係の混乱と形容している。[*31] 要するにおのおのの発話は、発話されさえするならば、どの人物によるものであってもかまわないのだ。この驚くべき発話主体の恣意性は、たしかにジャンジャンバックのあらゆるテクストを支配する原理である。だがなぜそうなのか。

処女作『大修道院長』以来一貫して、還俗した元神学生、墓場での蘇り、モン゠サン゠ミシェルの大修道院長としての前世、といった同じ神話素を用いて語られたのは、もちろんジャンジャンバック自身の（歴史的）現実そのものではないとしても、彼の想像世界に否応なしに立ち返ってくる、主観的・想像的な真実であったはずだ。だがジャンジャンバックという主体の真実を語るのは、ジャンジャンバックの「私」であってはならない。この論理をとりわけ後期主著二冊のなかに追ってみよう。

『ユダ、あるいはシュルレアリスムの吸血鬼』と『悪魔的体験』は、それぞれ一九四八年と一九四九年に出版された。しかし前者については『シュルレアリスムとキリスト教』のなかに、すでに出版された書物であるかのようにタイトル・ページが挿入されている——一九三〇年出版と記されているが、実際には刊行されなかったと考えられる——ことからして、時期を特定することは難しいものの、二〇年代末から書き継がれてきたテクストのようだ。実際に刊行された『ユダ』には第二次世界大戦後に関する記述も含まれるので、一九三〇年以前に書かれたものがそのまま発表されたという可能性はないし、どの時期に何がどこまで書かれていたかを教えてくれる資料があるわけでもない。だが『パリのサタン』で複数の人物に帰属するものとして記録したファンタスムを、ある一人の人物の物語としてより小説的に描いてみたいという意図は、かなり早くからのものだったのではなかろうか。もちろんその結果出来上がったのは、語る主体のステイタスがさらに曖昧な奇怪なテクストではあった。だがとにかくジャンジャンバックの、同じ神話素を用いて別様に語ろうとすることへの持続的な欲望は疑うことができない。

ジャンジャンバックへのインタビュー（架空のインタビューなのだろう）を含む『ユダ』の「編集者諸言」がジャンジャンバック自身によって書かれたものであることはほぼ間違いないが、その諸言でこの書物は、「ジャンジャンバックによって組み立てられた小説風の幻想《ファンタス》＝伝記《ビオグラフィ》」と形容されている。さらにその諸言の次のページ、本文直前のページには次の注意書きが置かれていた。

> 遺言として書かれた以下のページで、ジャンジャンバックは信仰を捨てた神学生としての自らの人生を報告するが、あたかも他者のことであるかのように語っている。この「他者」はユダという名を持っている。[*32]

ここで起きていることとは、書き手が想像上の人格に自らの人生を託して語らせるというよくある事態とは、ずいぶんと事情が違う。すべてはあまりに入り組んでいて、読者は今誰が語っているのか、しばしばわからなくなってしまうのだ。すでに諸言の最後でこの物語は、ジャンジャンバックの残した草稿資料から「編集者」が構成したものだとされていた。だが本文に入ると、語り手のステイタスはさらに複雑になっていく。「編集者」と同一人物とは思いにくいのだが、本文には一人称で語る話者がいて、それは『ロマン主義者たちにおけるサタン』という著作のある批評家ないし研究者らしい。彼は「大修道院長ユダ」から突然に届いた手紙に従ってモンテ゠カルロに赴き、ある手記を手に入れるのだが、その手記はあからさまに『パリのサタン』の内容を反復する修道士ジャンと歌手フロリの物語である（さらにこの手記には、ユダ本人とは明らかに異なる別の話者がいる）。捜索の末に話者は、ユダの波乱に満ちた人生の証人でありパートナーであった歌手フロリ本人にたどり着き、ユダについての話を聞き出していくのだが、彼は最終的にフロリを脅して彼女と関係を結ぶまでにいたるのであり、ユダの物語を語る媒介者の役割などは軽く踏み越えてしまう。ユダの書き残した資料をもとに第三者が構成した物語だという諸言の約束からするとこの話者はいったい誰なのかと悩んでいるうちに、話者はついにユダの講演会に足を運んでその話を直接聞くことになるのだが、それは他でもない一九二七年四月三日、アディアール・ホールでの講演会であり、ブルトンの序文全体が引用されたあと（ただし文中の「ジャン・ジャンバック」はすべて「ユダ神父」と書き換えられている）、書物の残り七割はすべてこの講演の記録として進行していくのである。

ここで書物後半の物語を詳細に要約することは控えるが、『パリのサタン』では三人の人格に（いったんは）分割して語られていた物語がユダ一人のそれとして語り直されているといって大過なかろう。とはいえそれははるかに長大で詳細に再加工されていて、パリでの出来事のあと姿を消したフロリが、サン＝トノラ島レランスの僧院に隠棲しているユダのもとに再び現れ、何としても彼女を手に入れたいユダがやがてサタンとの契約にまで導かれる経緯や、モン＝サン＝ミシェルを目指したサタン号での航海などははじめて現れる内容であり、とりわけ一連の幻想の最後でユダがフロリを殺害する場面は、神話素の反復と捉えられるジャンジャンバックのテクスト群でも、ここでだけ語られるものである。だがとりわけ私たちの注意を引くのは、『ユダ』後半で、『パリのサタン』のかなりの部分がそのまま本文に組みこまれている事実だ。もっともまとまった再利用は、パリでの出来事によって僧服を脱がねばならなくなったジャン神父／ユダが、その後プロンビエールでサタン＝ニグロの導きによって黒ミサに及ぶくだり（おおよそ本書第四部の一一七〜一二〇ページに相当する）であるが、ここではフロリをめぐる決定的な操作がなされている。

『パリのサタン』にもフロリの名は登場するが、それは第一部で引用される新聞記事においてにすぎない。ミュージック・ホールのスターであった歌手レジーヌ・フロリがロンドンでの公演中にその舞台裏でピストル自殺したという記事だが、この記事の出所などは突きとめ

レジーヌ・フロリ、1910年ごろ

られていないものの、実在の歌手であるレジーヌ・フロリがこうした状況で一九二六年六月一七日に自殺したこと自体は、歴史的な事実として確認できる。だが『パリのサタン』では、パリでジャン神父が道を踏み外す原因となった女優はフロリと同一人物として描かれてはいないし、さらにいうとサタン＝ニグロがプロンビエールまで連れてきて黒ミサのパートナーとする女性も、それとはまた別の未知の女性にすぎない。だが第四部の記述を『ユダ』で再利用するときジャンジャンバックは、もともと名前の示されていなかった「女性」を「フロリ」と書き換えている。つまり『パリのサタン』では別々の存在だった三人の女性が一つにまとめられ、フロリと呼ばれていることになる。それとともに、ここでのフロリは自殺した歌手ではなく、むしろユダが幻想に呑みこまれていくのとは対比的に、彼の身に起きた「現実の」出来事を語る証人であり、読者にとってはユダよりもその言葉を信用できる、よほど現実的な存在だといってよい。

さらに『悪魔的体験』になると、パリで神学生ジャンジャンバックの愛した、そしてついに彼を受け入れなかった女優はフロリその人だということになるのだが、ここに事実が含まれているのかどうかは、きわめて疑わしいといわざるをえない。『シュルレアリスム革命』に送り届けられたあの最初の手紙で用いられている「オデオン座の若い女優」といった表現は、一九二四年当時であればすでに一定の知名度のあったミュージカル歌手で、三十歳になっていたはずのレジーヌ・フロリには当てはまりにくいし、同じく『シュルレアリスム革命』第一一号に掲載された書簡（本書巻末に収録）では、オデオン座の女優とフロリははっきり別人として語られていた。主著三冊を読んだ読者としては、ジャンジャンバックのスキャンダルの「現実」の相手が一九二六年に自殺した実在の歌手であるという印象を持つことは避けがたいが、これはジャンジャンバックの想像力のなかに浮遊していた複数の女性人格が自然に一体化したのであり、彼が愛した女優は歴史上のフロリとは別人だと考えるしかないだろう。彼はフロリに会ったことはそもそもないか、あるいは舞台を見たことがある、という程度の関係だったのではなかろうか。

それにしても奇怪なのは、複数の人格を重ね合わせるジャンジャンバックの想像力が歴史的事実を無視する極端なあり方だ。『ユダ』でのフロリは自殺した歌手ではなく、ユダのもとに何度となく現れては彼の運命を変えてゆく女だが、物語の大部分を占めるアディアール・ホールでの講演会が一九二七年四月であるとすると、このとき現実の歌手フロリはすでに死んでいるのであって、そのような辻褄の合わない部分が一切無視されているだけでなく、ユダによって蠟燭を性器に挿入され、強姦されるといった場面を、そう遠い記憶でもない現実の女性に関するものとして、しかもなかば現実の出来事と地続きのものとして語る想像力とは、やはり異様なものというより他にない。

だがこの強引な操作によって導入されるフロリという人物の存在は、現実と虚構を捩じって接続しているようなテクストのその捩じれに、さらに特殊な次元を付加している。現実と虚構の境界がない語りとはいうものの、サタンや黒ミサをめぐる物語は、実は基本的にユダ自身の妄想として扱われており、サタン号での航海から（二度目の）黒ミサ、フロリの殺害へといいたるシークエンスは主人公の幻想にすぎない。その幻想から醒めたユダは目の前にいたフロリを犯して立ち去るのだが、この状況はアディアール・ホールの場面になる以前、話者との会話のなかでフロリ自身から語られていた。その同じ出来事が、ここではより主観的に、ユダ自身の口から語られるわけだが、一つの出来事が物語中で二度語られるとき、より客観的な語りがあとに来ることで一種の「種明かし」の効果を与えるようなやり方が一般的だとすると、その順序は狂わされていることになる。しかしさらに考えると、ユダの生きた幻想が「現実には」どのようなものだったかを語る役を担わされているのが、虚構と現実をないまぜにして作られたフロリというキャラクターであるという事実が、すでに異常なことなのではないだろうか。

ジャンジャンバックはどうしても自分の頭を去らないファンタスムを、しかし決して現実と切り離さずに語り直そうとしている。現実には対応しない自らの真実を語るとき、彼はそれをジャン神父やユダという想像上の人格に語らせた。だがその幻想が他者の目にどう映るものであったかをより客観的に語る必要があるときにもまた、わざわざ現実の女性の名を使いながら、異様な形で練り上げた想像上の存在に、それを語らせるのである。「私」の幻想、「私」の真実は語られねばならないのだが、それを語るのは「私」であってはならないという最初の矛盾のうえに、その幻想＝真実が他者にとってどのような現実であるかを描き出すとき、それを語るのはやはり現実の声でなく想像上の声であるというもう一つの矛盾が接ぎ木されているかのようである。現実などというレベルは存在しないと、ジャンジャンバックはいいたいのだろうか。

一方に私だけの幻想＝真実があり、他方に他者に承認されうる現実があって、たとえその境界はしばしば曖昧であっても両者は安定した二つの極に属している、そんなあり方そのものを、ジャンジャンバックはまるで何としても打ち壊そうとしているかのようだ。このことはまた、これとはちょうど対蹠的な地点から、もう一冊の「自伝」、『悪魔的体験』によっても表現されている。

## 悪魔との契約 vs 自伝契約

「私」の真実は語られねばならないが、それは「私」ではない誰かによって語られねばならないというこの原則は、『悪魔的体験』の場合、内容がいわゆる「自伝」により近いだけ、なおさら不可解なものに見える。冒頭ページの「諸言」の下には「E. de G.」という署名のあるメモのような一段落がつけ加えられており、そこでは以下の物語を語るコロンバン・ド・ジュミエージュとは、「私がそうなるはずだったオリベト会修道士であり、私が実際には選んでしまった世俗的な生活における苦しみや挫折を通して一種の『分身』であり続けた存在、彼のおかげで自分の感情の暴発や低劣さを意識することができた、そんな存在であった」[*33]とされていた。すでに確認した通り、それはジャンジャンバックの人生の岐路であったブルトンに会いに行くか否か、悪魔主義の道に進むか否かという選択にあたり、「声」の勧めに従わなければそうなっていたはずの自らである。

これ以後の文章でジャンジャンバックは、常にこの書物を「自伝」と呼んでいくが[*34]、では「自伝」を書こうという意志が明確なものだとするなら、なぜ分身が要請されねばならないのか。たしかに三人称の自伝というものは不可能ではない。フィリップ・ルジュンヌがいう通り、それは古代の宗教的自伝のように強い謙遜の現れでありうるし、あるいは逆にカエサルやド・ゴールの場合のように、自らの歴史的な重要性を確信したものの自尊心の表現でもありうる。[*35] だが『悪魔的体験』での修道士コロンバン・ド・ジュミエージュの働きは、そうした枠組みをはるかに逸脱したものであり、さらには非常に不安定なものである。ここで語っているのは、そもそもいったい誰なのか。

ある友人が語る自分の人生という設定にしたのであれば、その計画に従って三人称の記述を続けていけばよさそうなものだが、第一部第一章からすでに、「ジャンジャンバックの告白は次のようにはじまっている」という一文のあと、十数ページのこの章全体が括弧に括られたジャンジャンバックの文章（いわゆる自伝のように一人称で書かれた文章）の引用の形を取っている。それならば余計な小細工などせずに、はじめから一人称で書いてはいけないのだろうか。だが第二章になると状況はすぐに変わってしまう。最初の二ページほどで話者（＝コロンバン・ド・ジュミエージュ）が状況説明をしたあと、章の残りの四、五ページはシュルレアリスム参加当時のジャンジャンバックを知るある精神分析家が、当時に彼と交わした会話を語った証言なのだが、妙に詳細なその証言は精神分析家とジャンジャンバックの会話を直接話法で再現するものであり、必然的に客観的回想というより小説の一場面に似てしまうだろう。

ましていやがうえにも印象に残るのは、そこで話しているのが結局はジャンジャンバック本人だという事実である。

書物全体はかなり長さの不均等な七部構成で、一部のなかには三章から七章ほどの章が含まれている。それらすべての章のほとんどに、話者のステイタスを不安定にする何らかの仕掛けが組みこまれており、しかもそれが意図的に組みこまれたというよりも、無計画に語っていった結果このようになっているだけではないかという印象を抱かせるところがなんとも不思議なのだが、ともかくこの不安定さに読者は終始翻弄されることになる。

多くの章が何らかのテクストの長大な引用を含むが、もっとも多いパターンはジャンジャンバックがコロンバン・ド・ジュミエージュに送った手紙の引用である。本人が本人の分身に送ったこれらの書簡は、もちろん架空のものと考えるよりなかろうが、第二次世界大戦後に出会い、彼にとって運命の女性の一人になったリディー・バスティアンとやり取りした手紙や、再会したブルトンに宛てたそれなどは、コピーを取っておいた実際の文面という可能性もある。いずれにしても『悪魔的体験』には、アディアール・ホールでの講演を報告した雑誌記事（第一部第五章）にはじまって、シュルレアリスムのビラなどからの引用（第二部第三章）、ロベール・デスノスの死に関する雑誌記事（第四部第一章）、さらには巻末に再び全文が収録されたブルトンの『パリのサタン』序文など、無数の引用が含まれる。だがもっとも頻繁に利用・引用されるのは、過去にジャンジャンバック自身が書いた文章である。

ジャンジャンバックがコロンバン・ド・ジュミエージュに送ってきたという設定の詩集『大修道院長』の序文や『シュルレアリスム革命』宛てに送付した手紙、『パリのサタン』のフロリの死に関わる箇所（第一部第六章）、『シュルレアリスムとキリスト教』からの非常に長い引用（第二部第二章、三章）など、そうした例は枚挙にいとまがない。またジャンジャンバックは、書いてはみたものの発表する機会のなかった原稿を手元に残しておいて、それを利用しているのかもしれないと思わせる箇所もある。

たとえば第五部第四章では、一九四八年、精神的にも経済的にもきわめて悲惨な状態に追いこまれていたジャンジャンバックが、タクシーの無賃乗車から拘留され、結局精神病院に送られてしまう一節があるが、このときの精神病院での体験を語る手紙などは、実際の出来事の直後に書かれたと考えられる「狂人たちのもとでの滞在」と題された草稿を編集して組み立てたものであることがわかる（「狂人たちのもとでの滞在」は、手書き原稿の状態で、サン＝ディエ＝デ＝ヴォージュのメディアテック・ヴィクトル＝ユゴーに保管されている）。

自らの真実を、今度は小説のような形ではなく、より歴史的現実に沿った自伝という形で記述しようと決意したジャンジャンバックは、しかし自らの声を内側から書き記すことができない。まるで「私」の名において直接語ろうとすると、途端に失語症に陥ってしまい、過去の自分の文章も含め、資料として手にすることのできる形で残っているものを手掛かりにしなければ一歩も進めないというかのように。

だがそうであるとともに、「私」の名において語れない「私」の真実の語り手として召喚されたはずの修道士コロンバン・ド・ジュミエージュはといえば、巻頭での約束を守るどころか、ときには物語そのものに介入するような身振りをさえ示すのである。たしかにジャンジャンバックとその分身が、真正面から対峙するような場面が訪れるわけではない。だが分身は、ただ大人しくジャンジャンバックの手紙を受け取って、友人の状態を心配するだけで満足してはいなかった。彼はジャンジャンバックを自分の家に迎え入れるし（第一部第三章）、危機に陥っている友人を信用できる修道士に紹介したりもするだろう（第二部第二章）。だがそうかと思うと彼は、かなりのページ数に渡って匿名の語り手に席を譲ってしまう。

シュルレアリスム期の体験を語った第一部と並んでもっとも長い、第二次世界大戦後の波乱に満ちた時期を語る第五部では、はじめコロンバン・ド・ジュミエージュは姿を現さず、話者は非人称的な存在なのだが、全七章のうちの第六章になって、ジャンジャンバックを「我が友人」と呼ぶ表現が突然回帰し、しばらく分身の存在を忘れていた読者はこの「我」が誰のことなのかいぶかしく思うだろう。だがこのあとジャンジャンバックと分身は再び手紙のやり取りをはじめ、最後の第七部はほぼ二人の手紙だけから構成される。オリベト会修道士が架空の分身であるとはじめから知らされている読者は、この「自伝」が最後に来てほぼ完全に書き手の想像世界に呑みこまれてしまったという印象を持つことになるのである。

繰り返そう。ジャンジャンバックは「私」の真実を語らねばならないのだが、それは「私」の名において語られてはならない。だが「私」の真実を他者として客観的に語ることの期待される語り手は、『ユダ』におけるフロリのように、『悪魔的体験』におけるコロンバン・ド・ジュミエージュのように、見つめれば見つめるほどに恣意的な存在と思えてくるような、ジャンジャンバックの想像世界の住人でしかなかった。なぜこんなレベルの混乱が必要なのか。自伝をめぐる、今では古典的なものとなった研究をスプリング・ボードに使いながら検討してみよう。

フィリップ・ルジュンヌは『自伝契約』の総論的な第一章で、登場人物が作者と同じ名前を持つかどうか（あるいは名前を持たないか）、作者の結ぶ契約が小説的なものか自伝的なものか（あるいは欠落しているか）という二つの基準を組み合わせ、九つの組み合わせを表にしたうえで、そのおのおのについて、それが小説か自伝か（あるいは不確定か）を決定している。[*36] ただしこの九つの可能性のうちの二つ、表の左上と右下にあたる部分は定義上ありえないものとして黒く塗りつぶされていた。すなわち、登場人物が作者と同じ名を持ちながら小説的な契約を結ぶケースと、登場人物が作者と異なった名を持ちながら自伝的な契約を結ぶケースである。

こうした整理は必然的にこれに当てはまらない事例を夢見させるものであり、それがこうした整理の価値だとさえいえるかもしれない。事実セルジュ・ドゥブロフスキーはこの一節を読んだことによって、いわばルジュンヌの挑戦に応えるようにして、登場人物が作者と同じ名前を持つ小説を書こうと思い立ったのだと、のちにルジュンヌ自身への手紙で語ることになる。[*37] これがいわゆる「オートフィクション」の出発点になったことも、よく知られた文学史的事実といっていいだろう。一方でまた「オートフィクション」を取り上げる文学研究が、ルジュンヌの議論に反して登場人物と作者の名が一致するような事例は、ダンテの『神曲』からセリーヌやサンドラール、ジュネにいたるまで、多く見られることを指摘したのも、やはり当然の反応であった。[*38]

ではジャンジャンバックのケースはどうだろうか。ここまでたどってきたところからすれば、それらはちょうどルジュンヌが排除した二つのマスを埋めるようなテクスト群だといえるに違いない。すなわち『パリのサタン』は登場人物と作者の名が一致する小説であり、『悪魔的体験』は登場人物と作者の名が一致しない自伝だった。『ユダ』はその両者のあいだで揺れているといえるだろう。たしかに微妙な部分もある。『悪魔的体験』はジャンジャンバックがジャンジャンバックを語った書物と一応はいえるからだ。だが語り手はあくまで修道士コロンバン・ド・ジュミエージュという架空の人格であり、話者のステイタスは不安定であるにせよ、彼の視点から見た物語として大枠が進行する。それでいてやはり、それはジャンジャンバックの自伝と呼びうる何かなのである。

『ユダ』についても同様で、ジャンジャンバックの書いたユダについての物語でありながら、やはりジャンジャンバックの自伝だともいえるし（登場人物と作者が一致しない自伝）、ユダがジャンジャンバックの別名だとはじめから明言されているのだから、ジャンジャンバックが自らを語った小説ともいえる（登場人物と作者が一致する小説）。あとの方の考え方を取れば、それは形式的にはオートフィクションに近いものということになるだろう。ジャンジャンバックの著作について、形式上どのように捉えるのがもっともふさわしいかという議論に紙数を費やそうとしているわけではない。おそらくジャンジャンバックには、多くの文学研究が意識的であれ無意識的であれ前提している文学観に対し、根本的に背馳する態度があるのではないかと考えてみたいのである。

ルジュンヌが小説と自伝の関係の可能性を一覧表にするとき前提されているのは、文学テクストにおいて話者が「私」という言葉を発話させられているとすれば、作者はその「私」を通し、なんらかの意味では自分を表現し、伝達し、理解されたいと思っているはずだという考え方であると思える。書き手に自らの「私」を表現したいという欲望がないなら、作者と登場人物の関係を自伝や自伝的小説の問題として考えることに意味がなくなってしまうだろう。これに対してまったく別のタイプの実験的な小説、あくまでテクストの内在的な運動や言語そのものの可能性のみが問題であって、作者の「私」など関係ないような小説が夢見られた一時期が（少なくとも一九六〇〜七〇年代のどこかには）あったし、その試みの可能性をあらためて問い直すといった選択もちろんまったく禁じられてはいないが、今はこのことは脇に置いておこう。とにかくある時点（仮に一九五〇年代くらいまでとしてもよい）の西欧近代小説が、「私」を表現したいという欲望に裏づけられているという前提が、ルジュンヌの論理を可能にしている。

近代的な書き手は自らのうちにある感情や確信、要するに自らの「真実」を書きとめたいと考える。だが自伝という形を取ることで、語られる出来事の「現実」性を保証したとしても、客観的な事実を記述することが「私」の「真実」を表現することにつながるとは限らないので（たいていはつながらないからこそ）、小説が、とりわけ自伝的小説という形式が要請されるのであり、さらにジッドやモーリヤックのように両方の形式を併用する書き手の場合は、自伝と小説のあいだに「自伝空間」を設定することで、自らの真実を表現しようとするのだと、ルジュンヌは考えた。私が「現実」に経験したのはこうした事実であり（自伝）、私がそこで経験した「真実」はこれである（小説）、と語ること。そしてその二つを一致させる夢が作家という主体の中心にあり、それを究極的に実現することの不可能性こそがさらに別の文学作品を書く動機となるという発想が、そこでは前提されているのである。

おそらくいくらかの混乱を伴いつつもオートフィクションという言葉がそれなりに機能してきたのは、この二つの態度、すなわち「私の真実」を表現することと「現実の私」を記録することの一致という夢が、そこには託されえたからなのだろう。ドゥブロフスキーはじめ幾人かの小説家の試みに、むしろかなり形式的な実験の意図が含まれていたとしても、このことには変わりあるまい。あなたのなかのもっとも語るべからざるもの、もっとも隠された悪しきものを語れと要請する近代的な権力装置の効果として文学を定義できるとするなら（そしてミシェル・フーコーはまさにそのように定義するわけだが[*39]）、オートフィクションとはいわば近代的な文学の夢の最新の、あるいは最後の形態の一つなのかもしれない。だとすると私たちはジャンジャンバックの奇妙なテクスト群について、それらは文学と呼ばれる近代的な欲望の外にある何かなのだと、要するに、彼は「私」を表現し、伝達し、理解されたいと欲していないのだと、考えてもよいのではなかろうか。まるで悪魔との契約で「私」の魂を売り渡してしまったものには、自伝契約を結ぶことははじめから問題にならないとでもいうかのように。

ジャンジャンバックは読者に、「なるほど私にはあなたの気持ちがよくわかる」とは決していわせまいとする。それはすなわち、あなたのいっていることは空想にすぎないといわれるのと同じことだからだ。私にはあなたの気持ちがわからないが、どうやらただの韜晦趣味でばかげたことをいっているのでもなく、あなたが本当にそう信じこんでいる何かを語っているらしい。私にとって妄想でしかないそれは、あなたの隠された欲望の表現などでなく、あなたが今本当に生きている、一つの環境であるようだ。どうやらあなたとつきあうためには、それが本当に私たちのあいだにあるものとして振る舞うしかないのだろう——おそらく彼はそんな風にいわれようとしている。そのときにだけジャンジャンバックは、虚構と現実の境界を見失ったものの生を現実的に生きることができるに違いない。

処女詩集の時点でジャンジャンバックは、自らの頭に去来する神話素を、ただそのまま羅列することしかできなかった。しかし書いている主体のレベルと書かれている物語のレベルの混同を現実的なものとするための手段を徐々に発明していくことで、彼は詩から小説へ、自伝的小説へ、そして自伝へと、より現実的なエクリチュールに向けて降下していった。共感されてしまわないように、読者がその内面を理解すべき書き手の居場所を次々とずらし、遠ざけて、ばかげた空想の向こうに共感すべき内面を想定させないこと。『悪魔的体験』によってジャンジャンバックは、自伝的な語りにおいてさえ、私はあなたの妄想に共感できるといわせるのでなく、私はあなたの妄想に共感できないが、あなたが妄想と現実の境界を見失ってしまった痕跡だけはたしかに見ることができると、そんな風にいわせることに成功し、虚構と現実、作品と記録資料の境界の失効した生、いわば一つの映画的な生を生きてしまうのである。

さらにこのプロセスは、晩年にかけて書き継がれていった大量のテクストのなかにまで延長されていったようだ。それらの整理と読み取りにはまだ時間を要するだろうが、すでに確認した通り、登場人物と書き手の名が一致するような小説や、登場人物と書き手の名が一致しない自伝が書き続けられていったことは間違いない。エルネスト・ジャンジャンバックからジャン・ジャンバックへ、そしてエルネスト・ド・ジャンジャンバックへと書き手自身の身分をも絶えずずらしながら、共感はできないが指し示すことだけはできる、そんな妄想的な現実を、この奇妙な書き手は作り直し続けるのである。

もちろんジャンジャンバックが近代を越えたヒーローだなどといいたいわけではない(幸いなことに、彼の読者でそんなふうに考えるものは誰一人おるまい)。だが二〇世紀において、「文学」と呼びならわされる営為のすぐ近くに、たしかに日常的な言語行為とは隔たっているにもかかわらず、文学ともまた呼びがたい何か――伝達手段として消費されるのではなく物質的な存在となることにおいて何がしか「私」の真実の等価物となり、通常の伝達を越えたところで別の表現を可能にしてくれる言語が存在しうるのではないかと夢見る、そうした身振りとは明確に異なった何か——が存在していたに違いないかと、この不穏なテクストは予感させてくれるだろう。

「この作品はいわゆる文学にも、ましてや厳密な意味での資料にも属していない。それは自らの不幸について、そして自らの栄光について、自分自身の伝説を養おうとする一つの生なのである」[*40]という『悪魔的体験』諸言の表現は、おそらく言葉通りに理解されねばならない。それは文学を越えた、文学以上の文学などではまったくない。ジャンジャンバックの読者は「理解」するのでも「共感」するのでもなく、そこには決して共有することのできない彼の真実があるに違いないと確認するだけである。おそらくそれでいいのだ。彼のテクストにどれだけの戦略性があるにしてもないにしても、それを見つめる体験は、やはりどこか、当事者として体験することがあらかじめ禁じられているような、アウトサイダー・アーティストのテクストやイメージ（そこではしばしばテクストとイメージは一体化しているが）に接する体験を思わせる。もちろんそこには根本的な違いもあり、多くのアウトサイダー・アーティストが自らの精神世界に安定をもたらすためにそのテクストやイメージを生産するのであるなら、ジャンジャンバックはむしろそこにたえず不安定さを導き入れるためにそうしているように見える。だがいずれにしてもジャンジャンバックは、「なぜ書くのか」、「書くことで何が生まれるのか」、「そのためにはどのように書くべきか」といった問いからはるかに隔たったどこかで書き続け、作品でも資料でもない空間を生きる方法を発明していったのである。

## シュルレアリスムというゲーム

それにしてもジャンジャンバックが必要としたのはなぜシュルレアリスムだったのか。最後にそれを確認しておこう。

何度も見てきた通り、ジャンジャンバックは決してシュルレアリスムを――少なくとも理論的な問題と対峙することも辞さなかった運動としてのシュルレアリスムを――理解しなかったし、理解する必要もなかったであろう。その意味でなら、何も相手はシュルレアリスムでなくてもよかったはずだ。二つの相反したベクトルのあいだで引き裂かれ、現実の行動においてその片方を選びつつ、内心の真実においては他方へ引かれる気持ちを抱いているのだと語り、他者にはあまりにわざとらしく見えるためにそれが真の引き裂かれには見えないであろうことをなかば悟りつつ、しかも共有されえないその引き裂かれを差し出す身振りそれ自体を、他者との関わりを更新し続ける意志の原動力に変える、そんなことが可能でありさえすればよい。もし彼が『シュルレアリスム革命』誌を手にすることがなかったとしても、遅かれ早かれキリスト教とのあいだで彼を引き裂いてくれる別の磁場は見つかっていたに違いない。

たしかにそうだ。だがしかし、それでも彼が出会ったのがシュルレアリスムでありブルトンであったことが、その後の彼の行動様式に消し去りがたい影響を与え、その磁場から抜け出すことを不可能にしてしまったのもまた間違いのない事実だと思える。なぜそうなったのかといえば、まさに『パリのサタン』の序文が示しているように、ブルトンがジャンジャンバックの「真実」を、理解も共有も肯定もすることなしに、しかし単なる嘘とみなすのでもなしに、「現実」に存在する何かとして認めてしまったからである。私と彼とのあいだには決定的な意見の食い違いがあり、彼のキリストへの思いを私は何があろうと共有しない。そういいながら、なおかつブルトンはジャンジャンバックのゲームのなかで、対立教皇ブノワ一三世であることを受け入れる。初対面のとき「ジャンジャンバック神父」だったその人物が今は「ジャン・ジャンバック氏」であることを、サタンがパリにいるかもしれないことを受け入れるのである。なんと奇妙な宣言であることか。ブルトンは講演会の聴衆の前で、この男は間違っている、しかし嘘つきではないと、ただそれだけを繰り返しているのだ。

これ以後ジャンジャンバックはブルトンに対し、あるいはいかなる読者に対しても、決して共有されることのない自らの真実を――表現し伝達するのではなしに――ただ提示する可能性と権利とを手にする。おそらくそこにこそ、いやそこにのみ、ジャンジャンバックがシュルレアリスムと出会ったことの意味があった。そしてだからこそこれらのテクストを読むことは今なお私たちに、シュルレアリスムという奇妙なゲームの規則を教えてくれるのである。

私たち読者の誰一人ジャンジャンバックのルシフェル主義を自らの教義とすることはないだろう。にもかかわらずこのほとんど忘れ去られたテクストをめくるとき、私たちはそこにある抜き差しならない真実の声を聞きとる可能性を持つ。この目の眩むような落差だけがゲームの規則だ。ジャンジャンバックにとってそうであったように、私たちにとってもまたシュルレアリスムとは、文学というゲームの外で誰かの愚かな真実に出会う、そんなもう一つ別のゲームへの、いつでももっとも思いがけない瞬間に届けられてくる、どこまでも人騒がせな招待状である。

＊　＊　＊

この書物は Jean Genbach, *Satan à Paris*, H. Meslin Éditeur, 1927 の翻訳である。次の再版も参照した。Jean Genbach, *Satan à Paris*, Éditions Passage du Nord/Ouest, 2003. ただし再版にはブルト

ンの序文は収録されていない。また正確にはジャン・ジャンバック著と表記すべきかもしれないが、他の著作との連続性を考え、著者名として現在もっとも定着しているエルネスト・ド・ジャンジャンバックを採用した。
なお後期の主著二冊については、もっとも広く流布していると思われるエリック・ロスフェルド版を参照したが、それぞれ次の新しい版が存在し、特に『悪魔的体験』の新版にはかなり詳しい解説が収録されている。

Ernest de Gengenbach, *Judas ou le vampire surréaliste*, Éditions Cartouche, 2010.
Ernest de Gengenbach, *L'Expérience démoniaque*, Camion Blanc, 2012.

＊1　*La Révolution surréaliste*, nº 5, 15 octobre 1925, p. 1. 本書四ページ。
＊2　Jean Genbach, *Satan à Paris*, H. Meslin Éditeur, 1927, p. I-VIII. Repris dans : André Breton, *Œuvres complètes*, t. I, Gallimard (Bibliothèque de la Pléiade), 1988, p. 923-927.

＊3　Ernest de Gengenbach, *L'Expérience démoniaque*, Éditions de Minuit, 1949. Rééd. : Le Terrain Vague, 1968, p. 24.

＊4　*La Révolution surréaliste*, n° 8, $1^{er}$ décembre 1926, p. 30. 本書二三八ページ。

＊5　*La Révolution surréaliste*, n° 11, 15 mars 1928, p. 32. 本書二五〇ページ。

＊6　一九二七年一〇月二三日付けのビラ「すみませんが！」の末尾には、三十人ほどの署名者のなかに「ジャン・ジャンバック」の名前を見出せる。

＊7　アンドレ・ブルトン編『性に関する探究』野崎歓訳、白水社、一九九二年、一〇五－一二三ページ。

＊8　*L'Expérience démoniaque*, Le Terrain Vague, *op. cit.*, p. 27.

＊9　Ernest de Gengenbach, *Judas ou le vampire surréaliste*, Éditions Premières, 1948. Rééd. : Le Terrain Vague, 1970, p. 9-10.

＊10　*L'Expérience démoniaque*, Le Terrain Vague, *op. cit.*, p. 61-64.

＊11　Jean Genbach, *L'Abbé de l'Abbaye. Poèmes supernaturalistes.* Seize bois gravés d'Alexandre Alexeïeff, La Tour d'Ivoire, 1927.

＊12　この点については次の文章で論じた。鈴木雅雄「狂気よ、語れ――シュルレアリスムにとって精神分析とは何か」、サルバドール・ダリ『ミレー《晩鐘》の悲劇的神話「パラノイア的＝批判的」解釈』鈴木雅雄訳、人文書院、二〇〇三年、二〇九－五六ページ。

＊13　ブルトンが晩年まで所蔵していた資料については、次のサイトで閲覧することができる。www.andrebreton.fr

＊14　アンドレ・ブルトン『ブルトン、シュルレアリスムを語る』稲田三吉・佐山一訳、思潮

社、一九九四年、一五四ページ。

＊15 Maria Emanuela Raffi, *Autobiographie et imaginaire dans l'œuvre d'Ernest de Gengenbach*, L'Harmatan, 2008.

＊16 *L'Expérience démoniaque*, Le Terrain Vague, *op. cit.*, p. 22-23.

＊17 *Ibid.*, p. 24.

＊18 *Ibid.*, p. 24-25.

＊19 *Ibid.*, p. 75.

＊20 Jehan Sylvius, *Comment on force l'amour. Moyens infaillibles pour y parvenir !*, Édition Première, 1929.

＊21 Jehan Sylvius, *Messes noires. Satanistes et lucifériens. Choses vues*, Les Éditions de Lutèce, 1929.

＊22 Jehan Sylvius, Pierre de Rhuynes, *La Papesse du diable*, Les Éditions de Lutèce, 1931. Rééd. : Eric Losfeld, 1966 ; Éditions Ombres (Petite Bibliothèque Ombres), 2001.

＊23 *Messes noires*, *op. cit.*, p. 119. つけ加えるならこの書物には、アラゴンが『シュルレアリスム革命』第六号（一九二六年三月）に掲載した「淫夢魔の登場」への言及もある（一一七ページ）。

＊24 Jehan Sylvius, Pierre de Rhuynes, *La Papesse du diable*, Éditions Ombres, *op. cit.*, p. 27.

＊25 *Ibid.*, p. 33.

＊26 *Ibid.*, p. 113.

＊27 Ernest Gengenbach, *Surréalisme et christianisme*, chez l'auteur, 1938.

＊28 *L'Expérience démoniaque*, Le Terrain Vague, *op. cit.*, p. 85-88.

＊29 Ernest de Gengenbach, *Adieu à Satan*, Éditions L'Écran du Monde, 1952.

＊30 *Judas ou le vampire surréaliste*, Le Terrain Vague, *op. cit.*, p. 174-175. 一九七〇年の再版に加えら

れた長いあとがきのなかでの発言。

＊31　Jean Decottignies, « La Vie poétique d'Ernest de Gengenbach », *Revue des Sciences Humaines*, n° 193, 1984, p. 111-127 (p. 117).

＊32　*Judas ou le vampire surréaliste*, Le Terrain Vague, *op. cit.*, p. 18.

＊33　*L'Expérience démoniaque*, Le Terrain Vague, *op. cit.*, p. 7.

＊34　たとえば『サタンにさよなら』のなかで、ジャンジャンバックは『悪魔的体験』を、躊躇なく「私の自伝」と呼んでいる。*Adieu à Satan*, *op. cit.*, p. 126.

＊35　フィリップ・ルジュンヌ『自伝契約』花輪光監訳、水声社、一九九三年、二〇ページ。

＊36　同書、三四ページ。

＊37　Philippe Lejeune, *Moi aussi*, Seuil, 1986, p. 63.

＊38　このあたりの事情は次の研究書で手際よく整理されている。Philippe Gasparini, *Est-il je ;* Seuil, 2004, p. 24.

＊39　六〇年代から七〇年代にかけて、フーコーが次第に文学を語ることから離れていったことの根本に、この考え方があるといえるが、それが集中的に表現されているのは何といっても次の輝かしいテクストである。ミシェル・フーコー「汚辱に塗れた人々の生」丹生谷貴志訳、『フーコー・コレクション6』ちくま学芸文庫、二〇〇六年、二〇一－三七ページ（二三三ページ）。

＊40　*L'Expérience démoniaque*, Le Terrain Vague, *op. cit.*, p. 7.

# あとがき

まずはキワモノとしかいいようがない。教会から追い出され、「サタンの使い」アンドレ・ブルトン率いるシュルレアリスム・グループのなかに居場所を見つけようとした元神学生という作者の身分からしても、サタンによって埋葬されたのち棺桶から蘇って黒ミサを体験した男の物語という内容からしても、『パリのサタン』はそのように形容されるためのあらゆる資格を備えた書物だ。もっぱら空想的な語りかと思えば自伝的記述としての性格も持ち、ところどころで詩集という様相すら帯びる折衷的な形式で書かれていながら、「実験的」と形容されることを徹底して拒否するような、いわばみごとなまでのいい加減さについても同じことがいえるだろう。シュルレアリスムの歴史をいろどる無数の奇妙なテクストのなかでも、その突拍子もなさにおいて、これはまさに突出した事例である。

だがこの書物はシュルレアリスムに興味を持つ作家や研究者によっても、決して頻繁には取り上げられてこなかった。これはどうしたことだろう。シュルレアリスムに関わる書き手などといえば、なんにせよ多少のキワモノ趣味は持ち合わせている場合が多いはずだし、ましてブルトンが序文まで書いているなら、もう少し話題になってもよさそうなものだ。たしかに一九二七年の初版以来ながらく絶版だったうえに（とはいえ、専門の古書店で見つけることは現在でもさほど難しくないが）、モーリス・ナドーの『シュルレアリスムの歴史』やブルトンの『対話』（邦訳名『ブルトン、シュルレアリスムを語る』思潮社、一九九四）など、運動の歩みをたどるためにまず参照されてきた古典的な資料でもその扱いはごく簡単なものだったから、仕方ないといえばそうかもしれない。しかしジャンジャンバックが置き去りにされてきたのには、やはりそれなりの理由があったのではなかろうか。

マージナルな、あるいはマイナーな位置に置かれることでかえって一部の熱烈な支持者を集めるような存在が、シュルレアリスムの周囲には多い。運動の重要な先駆者や通過者として、アルチュール・クラヴァン、ジャック・ヴァシエ、ジャック・リゴーといった「ダンディ」が語られ、ピエール・モリニエやクロヴィス・トルイユのエロティックなイメージは熱狂的なファンを生み出した。そうした位置から出発しながら、ベルメールは美術史研究の対象として認められていったし、考えてみればバタイユやアルトーですら、そもそもはそんなふうにして注目されはじめた書き手ではなかったか。

制度としての文学史・美術史に（まだ）組みこまれていない対象を語る論者は、一種の選民意識を抱くことが珍しくない。彼らには——凡人にはーーわかるまいが、私（たち）にだけはわかる、というディスクール。シュルレアリスムそのものが、かつてはそうしたディスクールを引き出した時代があったかもしれないし、ましてシュルレアリスムにとってさえマージナルな位置を占める対象を語るとき、きわめて汎用性の高い戦略は、運動の中心人物たちに比べてもさらに特殊な、いっそう「人を選ぶ」存在として差異化すること、つまり「誰それはブルトンよりはるかに〜だ」と主張することだった。マージナルな書き手を鏡として自らの理想像を投影するのは、たしかにどこまでも魅力的な身振りであろう。

だが自分はジャンジャンバックと特別の精神的なつながりを持っているといいたがるものは、どうやら誰一人いなかった。彼はシュルレアリスムとキリスト教のあいだで、ついにブルトンの経験しえなかった深い引き裂かれを体験したが、自分にはその苦悩がよくわかるなどと主張する読み手はいない。なぜなのか。ジャンジャンバックのテクストが作品としてレベルが低いからだという単純な答え方も、論理的にはたしかにありうる。私自身としては、たしかになんとも一貫性のないものではあるにせよ——とはいえこのくらいのいい加減さなら、ロベール・デスノスにもバンジャマン・ペレにも容易に見つかるのだが——、詩的な緊張度や比喩的表現の斬新さにおいて、これは評価すべきところの多いテクストだと感じているのだが、文学(史)的評価の問題は置いておこう。重要なのは、解説でも触れたように、そこには「内面」がないという事実の不可思議さである。

そう、ジャンジャンバックには思い入れを可能にする内面がない。単純に内面が空虚だというなら、ニヒリズムを体現するアンチ・ヒーローになる可能性はある。だがここではそれなりに真摯な告白になりえたはずの要素は無数にあるのに、それらはすべて瞬く間に奇をてらった物語に回収されてしまう。要するにジャンジャンバックは、たしかに突飛で面白いが、いかなる深遠さにも通じないのである。しかしこの断固たる浅薄さとでもいうべき何かに私は積極的な価値を見出せると思ったし、解説で長々と論じたのも、いわばこの「思い入れされることへの拒否」が持つ逆説的な価値についてだった。キワモノから(アンチ)ヒーローや偏愛される作家へと移行するチャンスを、まるで自ら進んでつぶしていったかのような彼こそは、たしかに筋金入りのキワモノである。共感や同情や哀惜を受けつけず、憧憬や神聖視の対象にもならず、それでも関心を引きつけずにいない人格、「あんなふうになりたい」とは思わせず、「あんなふうにはなれない」と嘆息させることもなく、しかしいったん視野に入ってしまえば無視するのも許されない、そんな人格の奇妙な存在感を感じ取ってくれる読者がいてくれるように願うばかりだ。

＊　＊　＊

とはいえ私自身、ジャンジャンバックを訳してみようと思ったのは、ほとんど偶然の結果だった。数年前、マクシム・アレクサンドルというこのうえなく地味なシュルレアリストについて調べるために、ロレーヌ地方サン＝ディエ＝デ＝ヴォージュの図書館メディアテック・ヴィクトル＝ユゴーを訪ねたとき、アレクサンドルの草稿資料と同じほど、あるいはそれ以上に大量の、ジャンジャンバックの書簡や未公刊資料が所蔵されていることを知った。これを用いて何かできないかと思ったのが、直接のきっかけである。サン＝ディエには二〇一四年の三月、二度目の滞在をして、主要な草稿のかなりの部分をひたすらカメラに収めた。パリの国公立図書館では考えもつかない緩やかな管理体制のおかげで、相当量の資料を何の制約もなく閲覧させてもらえたことに、心から感謝したい。ただ所蔵資料のほとんどは第二次世界大戦以後のものであり、直接シュルレアリスムに接触していた時期に関係するものはなかったので、今回は残念ながら、解説で軽く触れることしかできなかった。だがジャンジャンバックの主著たる小説的自伝＝自伝的小説の二冊を引き継いだ晩年のテクストを、いつの日か論じるための材料を豊富に手にしていると思うだけで、何か不思議と贅沢な気分になれる。

サン＝ディエはわりあい外国人の少ない地方都市で、東洋人というのはまだ珍しいようだ。件のメディアテックは町の人々がCDを聞いたりちょっとした調べ物をしたりするために気楽に立ち寄る場所なので、子供たちも多い。見慣れない東洋人にこわごわ「ニーハオ」と声をかけてくれる子供たちの横で、ヌード写真を使ったジャンジャンバックのコラージュを一心不乱に撮影している自分を思い出すと、なんとも滑稽というしかないが、研究者でも愛好家でもなく、彼が誰だかまったく知らない人々の波のなかに埋もれているのは、この作家の居場所としてはむしろ似つかわしいだろう。ついでにいうと、本来この図書館のもっとも重要な所蔵対象は、二〇世紀の作家としてはアレクサンドルでもジャンジャンバックでもなく、イヴァン・ゴルである。二度にわたってお世話になったこの施設への感謝をこめて、シュルレアリスムという語をめぐる争いでブルトンに「敗北」し、陰に隠れてしまったこの「正統」なモダニストの姿を明らかにしようとする研究者が、日本からも足を運んでくれるようにと願わずにはいられない。

＊　＊　＊

キリスト教についての知識不足など多くの点ではなはだおぼつかない作業ではあったが、とりあえず訳し終えてもっとも意外だったのは、作者自身が「文学作品」ではないというこのテクストが、それでもやはり決して悪い文学作品ではないという事実だったことを、最後に書き添えておこう。解説では文学とは別の何かだといっておいて、あとがきでこう書くのも妙ではあるが、おそらく文学作品として見てしまった場合にも、語るべきことは少なくないのではないか。

シュルレアリスムの問題を離れて考えても、これは非常に強く一九二〇年代という時代を烙印されたテクストであり、ダンスホール文化やジャズの受容、黒人に対する視線や映画に対する態度といった観点からもアプローチできるに違いない。とりわけ映画という問題は本質的だろう。ストーリーの重要な部分がシナリオとして進行するだけでなく、場面転換の仕方は全篇にわたって映画のモンタージュを思わせるし、ひっそりとした回廊や物憂いバーの場面は無声映画のように、死者がよみがえるダンス・パーティはミュージカル映画かアニメーションのように見えたりもする。

また自動車やレコードプレーヤーなど、モダンな技術に対するスタンスも、未来主義的な讃美とは異なっているにせよ非常に肯定的で、独特なものだ。サタンなら空くらい飛んでもよさそうなものだが、わざわざ水上飛行機を操り、モーターボートや高級車を運転するというのが微笑ましいではないか。ついでにいえば同性愛のテーマがはっきり現れるのも、シュルレアリスム関連の書物としては比較的珍しいだろう（ジャンジャンバック自身のテクストでも、これ以後は同性愛が前面に出てくることは少ない）。

なんにせよ、この騒がしい小著が二一世紀になって突然日本語になってしまうという事実は、やはり驚くべきことだ。それが可能になったのは、ペレに続く私のこの叢書での翻訳対象として、試みに挙げてみた数冊の——どれもマイナーな——書物のなかから、ただそのタイトルを見ただけでジャンジャンバックを選び取ってくれた鈴木冬根氏の存在という、とてつもなく大きなもう一つの偶然のおかげである。鈴木氏にはペレのときにもまして、作業の遅れで多大な迷惑をかけてしまった。一見キワモノに見えて実は重要な作品なのではなく、キワモノ以外の何かであることを拒否するかのような身振りそのものの徹底性によって不可思議な美しさを作り出している、この奇妙な書物の訳者になる機会を与えてくれた鈴木冬根氏に、あらためて心から感謝したいと思う。

二〇一四年一〇月三〇日

鈴木雅雄

※この翻訳と解説は、早稲田大学特定課題研究助成費（課題番号 2013C-104）による研究成果の一部である。

# 〈資料篇〉

## 「ある手紙」

（『シュルレアリスム革命』第五号、一九二五年一〇月一五日）

ジェラールメール　一九二五年七月一〇日

拝啓

近ごろある若い男が、ジェラールメール湖に身を投げて、自殺をしようとしました。その若者は一年前、ジャンジャンバック神父と呼ばれ、フランクリン通り一二番地、トロカデロのイエズス会士たちの学校に通っていたのです……。そのために、人はジェラールメールでのスキャンダルをもみ消そうとしたのですが、この若者の意図するところは反対に、この自殺が大騒ぎを引き起こすことだったのが、私にはわかっています。なぜならその若者とは私のことだからです。あなた方がこの手紙を受け取られるとき、私はいなくなっていることでしょう。しかしもし私の情報では十分でないときは、ジェラールメールの近く、ルトゥールヌメールで小学校の教諭をしている従妹のJ・ヴィリー嬢に連絡を取っていただいてかまいません。

正確に一年前、私はパリのイエズス会士たちのもとで神父でした。聖職者の世界においてよい地位が約束されていたわけです。ところが突然私の前に、愛の冒険の輪郭が姿を現してきたのです。相手はオデオン座の若い女優で、平服のままアテネ劇場で過ごしたある夜のあとのことでした。その日はソリア氏が『ロマンス』を上演しておりました。この戯曲は若いプロテスタントの牧師とイタリア人歌手との恋物語で、私はいたく感動しました。ところがこのことが、イエズス会士たちに知れてしまったのです。しばらくして、私はコーマルタン通りのダンスホールを兼ねた大きなレストラン、ロマーノへその女優と夕食を取りにいきました。その翌日です、イエズス会士たちは私を追放し、私はパリの街路にたった一人放り出されたのです。私はプロンビエールの家族のもとに戻り、しばしば社交界に顔を出すような生活をしていました。ところがシーズンもたけなわなころ、司教は私に僧服をまとうことを禁じました……。私は還俗しなくてはならなかったのです。

かくして私は二十一歳の年、人生の真っただなかで途方に暮れました……。自分はもう終わりであることに、私はすぐに気づきました。聖職者の世界の烙印をあまりに強く押されてしまっていたので、すでにこの世界で幸せになることはできなかったのです。他方、もし私が僧衣を身に着け続けていたなら愛人になろうとしたであろう我が恋人は（僧衣はある種の女性たちに対し、病的な魅力を発揮するものです）、私が凡庸な一市民に戻るやいなや、私を見捨てたのです……

私は激しい神経衰弱と鬱状態に陥り、信仰を完全に失ってニヒリストになりました。ただし、かくも純粋でかくも寛大な、キリストの優しい姿には引きつけられ続けていたのですが。君は女性に取りつかれているようだが、司祭は女性のことなど考えてはならないのだといって、私の未来を台無しにしたものたち、司祭、修道士、司教たちのすべてを私は呪いました。女嫌いで、偽善者で、うろつきまわる骸骨のような連中！……。ああ、もしキリストが戻って来てくださるならば！

私は冬の間じゅう、家のサロンで一人きりでした……。音楽を演奏し、読書する毎日。まさにそのとき、私は『シュルレアリスム革命』誌とそこに掲載された自殺についてのアンケートのことを知りました。そのアンケートは私をさらに深いペシミズムとより深い絶望にのめりこませるばかりだったのではありますが……。私はそのとき、虚無への欲望、あるいはもう一つの生活への、彼岸へのノスタルジーを表現する苦悩の叫びを体験したのです。その世界で我々はついに現世から解放され、自由であることができるのです！

私は湖に身を投げて自殺をするために、ここへやって来ました。カッテンディック荘の近くでそうしようと試みたのですが……。結局私は断念しました……。しかしこの事件を広く知らしめていただいてかまいませんし、むしろそうすることをお願いしたいのです。人は私が聖職者だったからという理由で、事件を黙殺しようとするでしょうから……。むしろ聖職者であったからこそ、私は〈教会〉の人々が私をどこに追いこんだかを知らしめたいのです。私を絶望した反抗者に、ニヒリストに変えた仕打ちのことを……

敬具

E・ジャンジャンバック

追伸　神父姿と平服姿の私の写真、女優の写真、それに私が隠棲しようとしていたトラピスト会大修道院の写真を同封しておきます。

## 「書簡（アンドレ・ブルトンへの手紙）」　（『シュルレアリスム革命』第八号、一九二六年一二月一日）

クラマール、七月九日、午後一一時ごろ

親愛なるブルトン、

私が宗教という問題について考えているところを述べよ、とのご連絡をいただきました。書くこと、考えること、読むこと、自らに問題を課すこと、久しい以前よりそれらはすべて私にとって、困難な、あるいは不可能なことになっています。行動することもです。ある日、本屋の店頭でマリタン[*1]とコクトーの名前で出された本を見つけましたが、それは仰々しくも、

『詩と宗教』
と題されていました。買ってみたのですが、そこでは神が扱われていました……。これが結局は、私をソレームの大修道院にまで導くことになりました。ただソレームで目にしたもっとも気を引くものといえば、神ではなしに、空の漂流物とでもいうべきルヴェルディでした。彼はバラの木の前で恍惚に陥り、自分の庭を木靴で徘徊するかと思うと聖務の最中に涙を流したりするのです。

隠棲生活にあたっていくらかのノートを取ったので、同封します……。しかし死を別にすればいかなる問題も、私の精神に迫って来るほどには、奇妙でも示唆的でも驚異的でもありません……。そして私の精神は、もはや自らに問題を課すようなことはないのです……。宗教的問題というものはありません……。問題などありはしないのです……

私がとりわけ激しい欲望を感じるのは、
「瞑想」と「自由」
についてです。

西欧は私をひどく苦しめています。私の存在は親密な部分も茫洋とした部分も、すべて東方を向いているのです。そこへ到達するためには、たとえ炎を用い血を流すことになるとしても、この腐敗した西欧を無化し消滅させるしかないのだとすれば、〈革命〉万歳といいましょう。

〈宗教〉は神という語と同様に、私にとって意味を持ちません。教義や儀式、演劇、知性主義、等々。修道院は神経疾患者や生きて皮を剝がれたものに、平和にしておいてもらえる場所を提供します……。修道院の住人は、世界を何とも思っていないのです……

社会生活のなかで、宗教は交渉や出世の手段です。食料品屋にも版画商にも金銀細工師にも役立ちます。それはまた（マリタンがいい例ですが）形而上的な戦いに好適な環境でもあるでしょう……。信仰が犠牲の理由となる、そうした信仰を持ち続けている聖人を目にすることはありませんでした。

どこもかしこも自分を主張し、反対し、自分のなかに立てこもる人間ばかりです。聖人とは自らを消し、自らを忘れ、信仰の大義に自らを捧げる人間です。知恵と瞑想のなかで生きるのです。信仰に対する熱意と情熱を持って、自らを焼き尽くすのです……

ただ繰り返しますが、宗教について知的な概念を持ち、宗教的な問題を問うのと、神秘的な体験をすること、それまで予感もしていなかった領域で、未知のものを発見して探索したり、発明したりするのとは別のことです……

宗教的問題などは存在しません……

とはいえ、カフェのテラスでタバコを吸いながら酒を飲んでいる一人の紳士が、気まぐれにせよ不条理なものへの嗜好からにせよ、突然修道院に入ろうという激しく予想不可能な欲望に捉えられ、その結果修道士たちが何も見ていないようなところに何かを発見してしまう、そんなことはたしかにありうるのですが……。もし彼が聖人に出会うなら、前代未聞で唖然とさせる、しかも驚嘆すべきものの感覚を持つでしょう……。この神秘的経験は彼にとっては、彼にとってだけは価値があるのです。それはあらゆる精神医学者や聖人伝の作者、敬虔な伝説や病理学的な事例を集めようとする文学愛好者たちによる、計測器での記録などに還元できるようなものではありません……

私についていえば、たしかに信仰を持っています……。なぜでしょう。わかりません。なぜ自分に髪や歯や腹があるのかわからないようにわからないのです……。知りたいとも思いませんが……

以上のすべてが、あなたに支離滅裂に見えないよう期待しています……

とはいえ私は、説得しようとしているわけでも理解しようとしているわけでもありません……。一個のオレンジ、一個のサクランボは私の精神にとって、宗教の問題よりずっと本質的で興味深い問題です……。ましてすでに申し上げた通り、私の精神は徐々に、もはや自らに問題を課すことがなくなってきているのです……

結局のところ、

精神の不安、
魂の苦悩、
私の肉体と神経の苦悶、

私にとってこれらすべては、今では慢性的な病のようなものです……。私は宗教的解決を、他のあらゆる解決と同様に嫌悪します。それは愚かにも実際的な解決だからです……。今のところ私にとって、夢だけが、無限、永遠、無際限への逃亡です。
友情をこめて

「ソレームのベネディクト会大修道院への隠棲*2」

一九二六年六月一九日、土曜日夕刻

夕刻の瞑想のとき、私は新聞に次の見出しを見つける。

神経衰弱に陥った女性アーティスト
レジーヌ・フロリがロンドンで自殺した
その下に小さな告示《アヴィエット》も見つかる。いや、それは軽飛行機《アヴィオネット》だ。

T中尉がその旅行を終えた

ミュージックホールのスターである素晴らしいアーティスト、レジーヌ・フロリがある劇場の舞台裏で、拳銃で自殺した……

幕の下りる直前に心臓に銃弾を撃ちこんで……

すべては謎に包まれている……。私はレジーヌ・フロリの魂のためにデ・プロフンディス（深き淵より）を朗誦した!!! 花々の女王よ。

サルト川に面した大修道院の宿泊所……。ここは蔓を絡ませるバラの木に囲まれている。

宿泊所には一つの部屋があり、

その部屋には私がいる
　私は自殺について考える
　私は女について考える
　私は死について考える
　私は軽飛行機について考える

こうした考えはすべて黒みがかった青紫にいろどられ、私はといえば、花でもなく鳥でもなく、大司教ですらない。

感情の視点からすれば、色調は同情から絶望へと移っていく。

僧院の憂鬱を知っているあらゆる人々にはこの告示を。——絶対と向かいあったあらゆる孤独は脳を圧迫する。

祈り、日課、典礼!!!

祈りとは、祈る意識とこの祈りへの注意深い意識とを前提にするものだと指摘しておきたい……

私は祈る、そうだ、私は祈る。

誰に？　何を？　神に、聖処女に……

まるで無線電信の波長のように、未知の世界へと向けられた懇願。答えなどはない。子供は貝殻のなかに、もはや海の音を聞かない……

落胆、幻滅。

疑い？　もし神が存在しなかったら？

私はスコラ神学の教科書を開く。「運動の論拠。第一動因が必要だった」なんにせよ神はよき機械技師に違いない……

もう一つの疑い？　もし外的世界が現実でないとしたら？　不安な問題だ。私は顔面神経痛だ……

思考!!　拷問の道具。

総体的状況

- 形而上学的な居心地の悪さ
- 自殺の強迫観念
- 女性に関する妄想「レジーヌ・フロリ」
- 軽飛行機の動的興奮
- 私の「リビドー」の不十分な神秘的昇華

修道士たちは終禱を唱えた……。私のスーツケースのなかにあるものといえば、
チェリー・ブランデー一瓶
グレイスのタバコ一箱
小型の携帯レコードプレーヤー。
『イヤーニング』をかけてみる。それから『ティー・フォー・トゥー』〔ともにジャズの有名曲〕。酒を飲み、タバコを吸う……。神に許しを請い、それから聖処女の胸で眠ることを夢見る。

一九二六年六月二二日火曜日、夕刻
神父さまは頭に紫のキャロット〔聖職者のお椀型の帽子。紫は司教が被る〕をかぶっている。修道士たちは柱廊で影となり……

サルト川には動かない船が一艘。

パリへの追憶。ここには思いがけないものも、事件も、新しいものも何もない……

神!! ここで彼らは神に達するために一生を費やす。

何もない！　カフェのテラスに坐ることも、酒を飲むことも、タバコを吸うことも、夢見ることも。

なぜ人間たちは動き回るのか。

なぜ人間たちは思考するのか。

なぜ眠るのか。

## 愛

シャトーブリアン
風に髪をなびかせ
ハリケーンに
カモメ

それから？

彼方のスイスでは
氷河を眺めながら夢見る女が
そしてヴァチカンでは
教皇が孤独に散策をしている

シンプロン・オリエント急行〔一九二〇〜三〇年代に運行されていた豪華列車〕が全速力でヨーロッパを走り抜けていく。哲学者のような子牛が一頭、それが通り過ぎるのを見つめている。典礼は子牛を神の崇拝に結びつけている。祈禱書は子牛の革で束ねられているからだ。

ハイタカの輝く目……
世界は自らと同一である。人間たち、鳥たち、獣たち、植物、花、小川、太陽、星々、宇宙、木々……

精神。息吹。詩。

クラマール、一九二六年七月一三日

親愛なるブルトン、

今からちょうど一年まえに、私はジェラールメールからあなたに、自殺の意図を明かした手紙をお送りしました……。その手紙に私は、以下のものを同封したのでした。

聖職者姿の私の写真
ある若い女優の写真

夜のジェラールメール湖の写真
トラピスト会大修道院の写真……

その数日後のことです、ジェラールメールのカジノのダンスホールから夜遅くに帰ってきた私はテーブルのうえに、『シュルレアリスム革命』の赤い頭書のある手紙を見つけたのです。それはあなたが、ルトゥールヌメール湖のほとりの森のなかの小さな家に住んでいる私の従妹に宛てたものでした……。その手紙のなかで、あなたは私の住所を尋ねるとともに、私と知りあいになりたいという希望を表明しておられました……。そしてその少しあと、私たちはトロワ〔シャンパーニュ地方オーブ県の町〕で会い……。そして私はパリまであなたについていきました……

現在私は僧衣を身に着けており、クラマールであるロシアの芸術家のところに身を寄せています……。ところが、私がソレームの大修道院に滞在したばかりであり、ふたたび聖職者の衣装を身にまとっており、さらには、

新「回心」株式会社

コクトー、マリタン、ルヴェルディ商会

の一員になっていて、

『詩と宗教』と題された書物を賞讃したという情報をえて、私がシュルレアリスムを否定したのであり、狂った一年間のあとで教会に戻り、ベネディクト会修道院に避難したのだと、あちらこちらでほのめかしてまわる人々がいるようです。私は公式に、これは間違いであると明言しておきたいと思います。

たしかに私はソレームの大修道院に行きましたが、そこに特別なことは何もありません。私は年に何度か、修道士たちのところに行って骨休めをし、英気を養う習慣だからです……。ましてシュルレアリスム・グループの周囲では、私が出奔して修道院へと赴くことへの嗜好を持っているのは周知のことでしょう……

私はコクトー＝マリタン一味の一員ではありませんし、仰々しくも『詩と宗教』と題された書物についていえば、詩と神秘に対する不敬罪だと見なしています……

聖職者の衣装についていうならば、スーツが破れてしまったので、気まぐれに着ているにすぎません……。またこの衣装には、夜になると森に連れていってくれる、アメリカ女性たちとのサディスティックな愛の冒険を試すためにも、一定の効力があるのです……

こうして私はモンパルナスのカフェ、セレクトやドームのテラスで、K・Rを伴って幾日か快い夕べを過ごすことができました……。太ったポーランド人でカトリックの紳士が、若い神父がボタンホールにバラの花を挿し、K・Rと同伴でチェリー・ブランデーを飲んでいるのに腹を立てるといったこともありましたが、キリストも遊女たちとのつきあいから逃げたりしなかったぞと、いってやりたいところです……。キリストが死んだとき一緒にいたのはむしろ怪しげな人々でした。彼は二人の強盗に囲まれていたのですし、足元にはガリラヤの高級娼婦がいたのです……

一年前、私は毎夜、ジェラールメール湖へ一人でボートに乗りにいきました。自殺の魅力に引きこまれたいと思ったのです……。夜の不安が致命的な形で、私を黒い水のなかに引きこんでくれるかと期待したのですが、私は寒さを恐れました……。そして私の想像力は、死のなかにおいてと同じほど、生のなかにおいても多くの奇妙な冒険が可能であることを垣間見せてくれました。そのせいで自殺を決意することができなかったのです……

しかし私は変わってはいません。

い、か、な、る、解決も、いかなる迂回も、許容可能ないかなる実際的な考え方も、見つけてはおりません……

私をいまだに熱狂させてくれるのは、キリストへの信仰とタバコ、そしてジャズのレコード、すなわち、「ティー・フォー・トゥー」や

「イヤーニング」
であり、そしてとりわけシュルレアリスムです……

親愛なるブルトン、ですからどうかこの手紙を、この前にお送りした、宗教の問題、ならびに私のソレームの大修道院滞在に関する手紙とあわせて、あなたの雑誌の次号に掲載していただけないでしょうか……。またできるなら同封の、今の私の心的状態を描いた、有名な版画家であるわが友人アレクセイエフの小さなイラストも載せていただけると嬉しいのですが……

私は今、シュルレアリスム・グループに通うようになって以来の回想を、文章にしようと考えています。

あなたの忠実な友人である
E・ジャンジャンバック神父

＊1　ジャック・マリタン（1882-1973）カトリックの知識人に大きな影響を与えたフランスの哲学者。

＊2　以下の修道院隠棲時のノートは、『パリのサタン』本文に組みこまれている（三五〜四一ページ）。ただし多少の異同あり。

「書簡」

（『シュルレアリスム革命』第一一号、一九二八年三月一五日）

セディヨ病院、水曜日

親愛なるブルトン、

巨大なセディヨ病院のなかで、意気阻喪しています。昨日はずいぶんとひどい服を着せられました……。そして小さな部屋に入れられたのです。

夕方の最初の出来事。哲学専攻の学生がやって来て、現実に対する観念論者の反抗について、私と話をしていきました。私は大きな声で、精神医学者を自称する医師たちへの〈手紙〉を朗読してやりました。『シュルレアリスム革命』第三号に掲載されている手紙です。

今朝、軍医で神経科医のポテ中佐が到着しました。おそるおそる彼の扉をたたいてみました。患者として所見が聞きたいのです、というやいなや、「出ていけ」という声。私は部屋に戻りました。しかししばらくして呼び戻され、暴力的な言葉をかけられました。

「不安で落ち着きがなく、シュルレアリスムの詩人で、自殺の考えに取りつかれてる？　あんた恥ずかしくないのかい。兵役とは何かもわかっていない奴が小説を書く気かね。戦死した将校の息子だって？　どうして共和国はあんたみたいな人間の生存を許容してるんだろうね。自由なんて存在しない。兵役ってのは義務なんだ。兵舎にいく代わりに若いアルザス女のところに逃げようとしたそうじゃないか。不服従だの無礼な言動だのと理由をつければあんたなど、アフリカの囚人部隊に送ることも監獄に送ることもできるんだ。ええ？　どう思う？」

「先生、お答えするのは軍服を脱いだときにしましょう。今のところはおぞましい法律があなたに、私に対して力を振るう権利を認めていますからね。一番強いものの理屈がいつでも一番正しいというわけですよ。昨日エピナルで申し上げたことを繰り返しておきましょう。私は自由な人間です。今あなたが私を自由に処遇する権利があるとしても、私は怖気づいたりしません。沈黙と軽蔑のなかに閉じこもるしかありませんね」

このとき彼は、私についての分厚い資料を調べていた……。それからむしろ驚いたような表情で、調子を和らげ、戦術を変えて、微笑みながら丁寧な話し方をしはじめた。

「シュルレアリストの革命家なんですね。じゃあ無政府主義とか、自動記述を信じている？自分が社会を堕落させているとは感じないわけですね。それでもしあなたが軍服を着ていなかったら私の喉を締めつけて、爆弾を投げつけるだろうと。いや、答えてくれてかまいませんよ。先ほど怒鳴ったのは、しかりつけて反応を見ようとしただけなんですから。それが精神科医の義務というものでしてね」

「先生、私が首を絞めつけたり爆弾を投げたりするのは、あなたであれ誰であれ、私から自由を奪って兵舎に投げこもうとするものに対してです。もしあなたが裁判官とか牢番になるというなら、私も自分について責任は持てませんが。別ないい方をしましょう。東洋的神秘主義に染まっている私の態度はつまり、愛や反抗、恐怖といった宿命的な情念によって正当化されない限りでのあらゆる身体的暴力、あらゆる殺戮行為を嫌悪する態度、要するにシュルレアリスムの詩人の態度なのです。これまでのところ私は自分の下意識を解放するだけで満足してきましたし、自分の活動を、愛に関する事柄や、悪魔的で呪われた事柄に捧げてきたのですが」

「ああ、わかります、わかります。サタンと女性があなたの強迫観念なわけですね。ここに、悪魔についての本を書かれたヴァンション博士[*1]の診断があります。あなたの錯乱した書き物や駄作もここにありますよ。あなたは自分の不安を楽しんでいた。え？　そうじゃないですか。白状なさいな。ああそうだ、四年前すでにここでお会いしませんでしたっけ。鬱病ということで、私はあなたを兵役免除にしましたよね」

「ええ、たしかにそれは私です」

「なるほどあなたでしたか。プロンビエールの還俗した神父。オペラ座の女性歌手G・L[*2]に熱を上げてらした。おお、話してくださいよ。あなたはあのころ、性的なことを抑圧していらした。少なくともあなたは彼女と寝ることはできたんでしょう？　教えてくださいな。彼女はいったいどうなったんですか」

---

かつてポテ中佐はある海岸で、G・Lと知りあいになったらしい。おそらく彼女を愛したのだ。恋愛の思い出や、海と海水浴のヴィジョンが突然よみがえって来て、今度はこの似非

心理学者が軍医としての義務やわずらわしいことどもを忘れてしまい（意識的に行動しようとしているこの男が！）、女性のヴィジョンと恋愛に関する出来事の喚起によって、気を引かれ、魅了され、気を緩められ、つまりは占領されてしまったわけだ。おお、詩《ポエジー》よ、詩よ、お前は支配者だ！　そしてこの粗野な人間ですら、性的な刺激に加え、最小限の愛と生の火花を感じ取っていたと信じなくてはならない。なぜならその後ラヴラン・ホールの患者全員が私に礼をいいに来て、P…中佐が彼らに対し、こんなにも優しく親切になったことはないと語ったのだから。

---

そういうわけで、私は何度もしてきたように、またしても自分のプロンビエールでの物語をしなくてはならなかった。ウィーンの若いテノールを相手役としてイズーを演じたばかりだったG・Lが、いかにして私と同時にプロンビエールにやって来ていたのか、奇妙なことに哀れなほど精彩のないヴィオラ奏者のへぼ詩人、ポール・ジェラルディ[*3]と結婚していたこの豊満な美女に、私がいかにして恋をしたのか、そして彼女がクラヴサンの伴奏でハワイの歌を歌っていたある日、私がいかにして帝政様式のサロンまで彼女についていき、彼女がビ

スケットを浸してから勧めてくれたシャンペンのグラスを受け取ったのか、そして神父と不信心な舞台女優とがともに痛飲することがいかに人々の目にスキャンダラスなことであったか、等々を私は語った。

「じゃああなたは、彼女とは寝なかったんですか」

「ええ、寝ませんでした」

「ジェラールメール湖に飛びこんで死のうと思ったのは、だからなんですね」

「そのせいでもあるし、あるダンスホールで知りあったオデオン座の女優のせいでもありました」

「つまりあなたは、人生とは女性だけだと考えているんですね」

「ええ、女性の愛こそはどんなときでも私の唯一の生きる理由です。社会は消え去っていい、人類はくたばっていい、この星がふっ飛んでもいいんです。重要なのは私の望んでいる人だけですよ」

「それで今はどんな人を望んでいると?」

「ある映画スターです」

「なんという名ですか」

「フロリです」

「ああ、あなたが狂気じみた書簡のなかで語っていたチュニジアの女性ですね。それにしてもあなたは劇場やスクリーンの女がお好きだ。それでG・Lがどうなったかご存知ですか」

彼はどうしてもそこに執着があるらしい。彼女は離婚したのだと教えてやった。彼はG・Lがペタン将軍と恋仲にあったのだといい、それからチュニスの話に戻った。

「ではあなたはこの夏、地中海に飛びこんで死のうとされたんですか」

「そうです」

「どうもあなたは水がお好きなようですね」

「ええ、パリの偉大な女占い師が教えてくれたところでは、私は水に関わりが深く、私の運命は湖か大きな川、あるいは海を通して成就するらしいんですよ」

「死のうと思ったときは、酔っていらした?」

「ええ、酔っていました。フロリの別荘の前の海岸で、興奮した夜を過ごしたんです。ワインを二本空けていました。一本はカルタゴの大司教区のもの、もう一本はスタウエリ（アルジェリアの町）のトラピスト会修道院のものでした」

「チュニスでの出来事のあとは、どうしたんですか」

「そのあとは、カクテルを飲み、蓄音機でレコードをまわして、孤独な生活をしてましたよ。私が社会に求めていることはただ一つ、静かに放っておいてほしいんです。人間との接触は大嫌いです」

「だったら病院の事務で、ちょっとした静かな仕事を見つけられると思いますよ。看護婦のなかから相手も選べるだろうし……。彼女たちはまあたいして、その……。でも映画スターなんてわけにいかないんだから」

「先生、恋愛については皮肉をいわないようにお願いしますよ。どうも冗談好きな人間ではないもので」

「ああ、あなたがユーモアのある冗談好きの方だったらよかったのに！　少なくとも自分の書いているものに、これほど支配されつきまとわれて、結局それを信じこんでしまうようなことはないでしょう。結局のところサタンというのは……」

「ええ、サタン、私は信じてますよ。精神医学の世界で権威を認められているような方も、この問題について、本を一冊書かなくてはならないと思ったわけです」

「いえ私は、下意識とか幻想的なものとかが、作り話だといっているわけではないんです。しかしそこを掘り下げていくのは危険です。狂気の危険もあるんだ。ここに『パリのサタン』はお持ちですか」

私はポケットから本を取り出し、差し出す。彼はそれをパラパラめくる。

「ああ、いいですね。夜の幻覚、修道院という強迫観念。でもやはり理解できない。どうして社会はこんな狂気を本にするのを認めるんだろう。だってあなたは有害な存在ですよ。あなたはご自身が描写しているようなおぞましい世界でも、夢のなかでのように生きていけるほど強い神経の構造をお持ちかもしれない。しかし病的に感化されやすい精神に対してならば、あなたは風紀を乱す不健康な影響を与えてしまう危険がある」

「私は自分のなかで思考されていることを書かなくてはならないのです」

「ですけど私だって、自動記述をやってみることができますよ。ほら」といって彼は紙を手に取ると、次の通りの文章を書いた。「悪魔が天井にいる。彼は尻のなかに緑のペンを入れている。私は書く。書きたい。だがわからないのだ……」

彼は手を止めて、「くだらないし、ばかげていることがおわかりでしょう?」という。

「ええ、でももし先生が神経を集中させて、最初の数行の、あるいは最初の数ページのくだらない、ばかげた文章に耐える勇気をお持ちならば、おそらくあるところで驚異的なものを発見することになるでしょう」

「ああ、あなたはそう思うんですね。私は心理的、社会的な視点からして、自動記述は危険でばかげていて、しかも必ず期待外れに終わる試みだと主張します。この領域ではいかなる発見も期待できない」

「私は実際にやってみたうえで、正反対の意見です」

「ええ、でもその結果あなたがどうなったか、見てごらんなさい。あまりに協調性にかけた結果なので、あなたはもう同時代人と理解しあうことができないし、自分自身のイメージや夢に囚われてしまったわけです」

「たしかに不安に満ちた絶望的なものだとしても、私は自分の精神的な経験が、知性にしたがった論理的で理性的な経験よりもましなものだと思いますよ」

「ではあなたは治癒を望まない、自分の情動と印象を操作できる均衡のとれた正常な人間になりたくはないというんですね」

「そうした人間こそ恐ろしいですよ。たとえひどく平衡を失うことになるとしても、私は自分の思考、自分の欲望、自分の夢に支配されていたいんです」

「しかしお分かりの通りあなたは過敏症だし、心《プシケー》を完全に痛めつけられている。残念ですね。もしあなたのシュルレアリストの友人方があなたと同じタイプだとして、一緒にいればそれも素晴らしいに違いない」

何にせよ、あなたを救ってあげたかったのだが。あなたは頭がよくていい若者だ。どうしても兵役を拒否されるのですか」

「ええ、恐ろしいんです。私には祖国という言葉が理解できません。私はペテン師や異人たちのあいだで生きてきました。兵舎というものが、吐き気がするほど嫌いなんです」

親愛なるブルトン、私の朝の対話をなるべく慎重にそのまま再現してみました。このメモ全体を、

「ある反軍国主義詩人の叙事詩と冒険談」

というタイトルで掲載してもらえたらと思います。

おそらくこのテクストをL・アラゴンに見せて、文体や句読点の使い方のおかしなところを添削してもらわなくてはいけないと思います。ピカソについても、ルーヴル美術館に展示されているような絵を描くことはできない画家だと主張する人たちがいます。この文章を、文学的には不注意な文章の形で人目にさらすことはできません。わかってもらえるでしょう。戦術の問題です。私にはタバコを買うための二〇フランでも必要なところですから。

親愛の情をこめて

ジャン・ジャンバック

＊1　ジャン・ヴァンション（1884-1964）フランスの精神分析家、精神医学者。非常に博識で、精神分析前史や今でいうアウトサイダー・アートに関する書物など多くの著作を残す。モーリ

ス・ガルソンとともに『悪魔』(一九二六年)を執筆。
＊2　ジュルメーヌ・リュバン(1890-1979)フランスのソプラノ歌手。ガブリエル・フォーレの曲などを歌って有名になる。一九一三年に後出のポール・ジェラルディと結婚。
＊3　ポール・ジェラルディ(1885-1983)フランスの詩人、劇作家。二〇世紀はじめは人気が高かった。

**エルネスト・ド・ジャンジャンバック**
Ernest de Gengenbach　1903-1979

フランスの作家。1903年、ロレーヌ地方のグリュエー＝レ＝シュランスに生まれた。幼いころから一貫して宗教教育を受け、パリで神学生となるが、1925年、女優とのスキャンダルが持ち上がり放校、鬱状態だった時期にシュルレアリスムを発見し、ブルトンらに接近した。すぐにグループの活動からは離れたが、終生シュルレアリスムを意識し、キリスト教とのあいだで揺れ続けた。シュルレアリスムに近かった時期に書かれた本書『パリのサタン』（1927）から、第二次世界大戦後の自伝的小説『ユダ、あるいはシュルレアリスムの吸血鬼』（1948）や小説的自伝『悪魔的体験』（1949）にいたるまで、常に現実と虚構の境が見分けられない特殊なスタイルで、ひたすら自らのファンタスムを文章化していった。次第にオカルティズム的傾向を強め、黒ミサを昇華した「金のミサ」を夢見るようになる。1979年没。

**鈴木雅雄**
すずき・まさお

1962年、東京生まれ。シュルレアリスム研究。東京大学大学院総合文化研究科地域文化研究専攻退学。パリ第7大学文学博士。早稲田大学文学部教授。著書・編著書として、『シュルレアリスムの射程』（編著、せりか書房、1998）、『文化解体の想像力――シュルレアリスムと人類学的思考の近代』（共編著、人文書院、2000）、『シュルレアリスム、あるいは痙攣する複数性』（平凡社、2007）、『ゲラシム・ルカ――ノン＝オイディプスの戦略』（水声社、2009）、『マクシム・アレクサンドル――夢の可能性、回心の不可能性』（水声社、2012）など。訳書として、サルバドール・ダリ『ミレー《晩鐘》の悲劇的神話』（人文書院、2003）、バンジャマン・ペレ『サン＝ジェルマン大通り一二五番地で』（風濤社、2013）など。

シュルレアリスムの本棚

**パリのサタン**

2015年1月30日初版第1刷発行

著者　エルネスト・ド・ジャンジャンバック

訳・解説　鈴木雅雄

発行者　高橋 栄

発行所　風濤社

〒113-0033 東京都文京区本郷3-17-13 本郷タナベビル4F

Tel. 03-3813-3421　Fax. 03-3813-3422

印刷所　シナノパブリッシングプレス

製本所　難波製本



ISBN978-4-89219-389-7

叢書《シュルレアリスムの本棚》

**大いなる酒宴**　ルネ・ドーマル　谷口亜沙子 訳・解説
四六判上製　二七二頁　本体二八〇〇円＋税

**サン=ジェルマン大通り一二五番地で**　バンジャマン・ペレ　鈴木雅雄 訳・解説
四六判上製　二五六頁　本体二八〇〇円＋税

**街道手帖**　ジュリアン・グラック　永井敦子 訳・解説
四六判上製　三六八頁　本体三二〇〇円＋税

**パリのサタン**　エルネスト・ド・ジャンジャンバック　鈴木雅雄 訳・解説
【本書】四六判上製　二五六頁　本体二八〇〇円＋税

**おまえたちは狂人か**　ルネ・クルヴェル　鈴木大悟 訳・解説
四六判上製　刊行予定

**放縦**（仮題）　ルイ・アラゴン　齊藤哲也 訳・解説
四六判上製　刊行予定

**パリの最後の夜**　フィリップ・スーポー　谷昌親 訳・解説
四六判上製　刊行予定